KB154726

햇빛 쏟아지던 여름

햇빛 쏟아지던 여름

초판 1쇄 2020년 6월 19일
초판 2쇄 2021년 11월 9일
글쓴이 임은하

펴낸이 조영진
펴낸곳 고래가숨쉬는도서관
출판등록 제406-2012-000082호
주소 경기도 파주시 회동길 329(서패동) 2층
전화 031-955-9680~1
팩스 031-955-9682
홈페이지 www.goraebook.com
이메일 goraebook@naver.com

편집 이규수
마케팅 이예지

ISBN 979-11-89239-16-9 43810

이 도서의 국립중앙도서관 출판시도서목록(CIP)은 서지정보유통지원시스템 홈페이지(http://seoji.nl.go.kr)와 국가자료공동목록시스템(http://www.nl.go.kr/kolisnet)에서 이용하실 수 있습니다.(CIP2020016484)

햇빛 쏟아지던 여름

글쓴이 임은하

차례

1. 나, 아빠, 아줌마 6

2. 고모할머니의 비밀 22

3. 할머니의 첫사랑 38

4. 섬으로 가는 배 50

5. 작은 고흐 58

6. 열아홉의 할머니 72

7. 위경련 79

8. 스케치북 95

9. 햇빛 쏟아지던 여름 109

10. 시소 119

11. 혼자 있고 싶을 때 129

12. 미안해, 엄마 137

13. 서주에게 148

14. 진짜 나의 시간 156

1. 나, 아빠, 아줌마

"진짜 궁금하세요?"

나는 말하고 싶지 않았다.

"그래, 얘기해봐. 이런 그림을 그린 네 머릿속이 궁금하구나."

선생님은 어디 한번 들어보자는 얼굴로 재촉했다. 그래, 뭐 좋다. 얘기하라면 못할 것도 없지, 까짓것.

"얘 이름은 타냐예요. 중세 유럽과 아시아 사이 어디쯤 작은 도시국가에 사는 여전사고요. 이웃 나라가 쳐들어오자 자기 부족을 지키기 위해 나선 길이에요. 마을은 적들의 공격에 이미 모두 불에 타서 쑥대밭이 됐고요. 이제 남은 하나는 마을 주민과 자신의 딸이 숨어 있는 교회뿐이에요. 그곳을 지키지 못하면 부족이 멸망할 뿐 아니라 딸도 잃게 돼요. 선생님이 타냐라면 어떨 것 같으세요? 어떤 마음으로 달려가고 있을지 상상해보세요."

선생님은 내 설명을 듣더니 아줌마를 향해서 '얘가 이렇게 당돌한 아이입니다.'라고 말하듯 옅은 미소를 지어 보였다. 아줌마도 멋쩍은 웃음으로 답했다.

"박설, 내가 그 여전사라면 그렇게 가슴이 파진 옷을 입고 멋 부릴 여유는 없었을 것 같구나."

나는 선생님의 말뜻이 무엇인 줄 알면서도 일부러 더 놀라는 척하며 말했다.

"네? 멋이요? 절대 그런 거 아닌데요. 이건, 음…… 어떤 의식 같은 거예요. 전쟁에 임하는 결의나 성스러운 마음 그런 거요. 기사나 장군들의 갑옷 같은 걸 보세요. 그 사람들이 그 무거운 옷을 입고 싸우는 게 편해서 그런 게 아니거든요. 추리닝 입고 전쟁터에 나갈 수는 없잖아요. 그건 전쟁에 임하는 자세가 아니죠."

나는 어제 내가 무려 열흘이나 공들여 그린 이 그림을 선생님에게 뺏겼다. 쉬는 시간, 김건우가 내 크로키북을 우연히 보게 되어 펼쳐 들었고 아이들이 내가 그린 그림으로 몰려들어 한바탕 소란을 피웠기 때문이다. 선생님은 내 그림을 보더니 입을 다물지 못했다. 다른 반 친구들까지 몰려와 소리를 치고 난리였다. 멋진 철제 갑옷을 입은 여전사 타냐가 창을 들고 말을 탄 채 적진으로 향하는 연필화였다. 나는 특히 결의에 찬 타냐의 얼굴 표정과 갑옷 사이로 드러난 근육을 세밀히 묘사하는 데 공을 들였다. 최근 그린 그림 중 가장 마음에 드는 작품이다. 그런데 애들은 여전사의 갑옷이 '완전 야하다'며 좋아했다. 가슴이나 허벅지, 이런 부분들을 일부러 야하게 그리려고 한 건 아니었다. 그냥 사실적인 묘사에 상상을 조금 더해본 것일 뿐. 아이들의 환호에 어깨가 으쓱했지만 선생님의 얼굴은 한껏 굳었다. 그리고 급기야 부모님을 호출한 것이다. 아줌마가 학교에 오는 것만은 어떻게든 막아보려고 했지만, 부모님이 오지 않으면 그림을 돌려주지 않을 거라는 선생님의 으름장에 어쩔 수 없이 아줌마는 학교에 와야 했다. 아빠는 바쁘니까.

"좋아, 그림을 돌려줄게. 하지만 앞으로 이런 그림은 학교에 가져오지 말아라. 좀 더 건전한 그림을 그리면 더 좋겠고."

대답하기가 싫었다. 나는 내가 그리고 싶은 그림을 그릴 자유가 있고, 그걸 학교에 가져오고 안 가져오고는 내 마음인데 선생님은 내게 왜 이래라저래라 하는 건지. 내가 대답을 하지 않자 선생님이 아줌마에게 말했다.

"아시다시피 요즘 아이들이 유튜브다 뭐다 이상한 동영상에, 그림에 문제가 아주 심각하거든요. 학교에서도 얼마 전에 문제가 좀 있었어요. 그래서 요즘 단속도 많이 하고 신경을 쓰는데, 하필 설이가 이런 그림들을 그려서요."

"네에."

아줌마가 고개를 끄덕였다.

"본인이 혼자 그리는 것까지야 막을 순 없지만 학교에는 들고 오지 않았으면 합니다. 지난번에도 다른 선생님 시간에 걸려서 주의를 받았다고 하고, 이번엔 그냥 넘어가면 안 될 것 같아서 오시라고 했습니다."

"네, 알겠습니다, 선생님. 설이가 워낙 상상력이 풍부하고 자기 색깔이 확실해서요."

"아무리 그래도 이렇게 가슴이 훤히 드러난 그림은……. 요새 아이들이 워낙 이런 데 민감합니다."

그냥 거기서 참았어야 한다. 하지만 나는 결국 그 순간 치밀어 오르는 짜증을 참지 못하고 이렇게 말하고 말았다.

"가슴이 뭐 어떻다고 자꾸 그러세요? 선생님은 가슴 없어요?"

"풉!"

아줌마가 마시던 주스를 뿜을 뻔했다. 나는 차마 선생님의 얼굴을 보지 않으려고 눈을 피했다. 하지만 아차 하는 순간 말은 이미 공중분해 되어버린 후였다. 앞으로 학교생활이 험난하게 생겼다. 이틀 뒤면 방학이라는 게 그나마 다행이었다.

아줌마는 집에 오는 길 내내 볼록 나오기 시작한 배를 잡고 낄낄거렸다.

"설이 너 정말 못 말리겠다. 아줌마도 학교 때 나름 당돌하다면 당돌했었는데, 너한텐 졌다 졌어."

아줌마는 지금 뱃속에 아기를 가지고 있다.

"아줌마는 그게 그렇게 웃겨요?"

"그러니까 말이야. 웃으면 안 되는데, 아까 선생님 얼굴이 계속 떠올라서."

아줌마. 그래, 이제 아줌마 얘기를 해야 할 것 같다. 배가 볼록 나오기 시작한 이분은 나의 새엄마다. 그것은 우리 아빠가 두 번 결혼했다는 뜻이기도 하다. 아줌마라는 호칭이 자리 잡기까지의 과정은 꽤 복잡했다. 엄마라는 말은 도저히 안 나오고, 그렇다고 새엄마라는 말은 못된 팥쥐 엄마나 신데렐라 계모 느낌이 나서 싫고. 뭣보다 왠지 새엄마를 새엄마라고 부르는 게 자존심이 상하기도 했다. 그게 정확히 이유를 꼬집어 설명할 순 없지만, '새엄마'라는 단어에는 왠지 모를 불쌍한 느낌이 담겨 있는 것 같아서다. 내가 아무리 나 스스로를 행복한 아이라고 할 수는 없을지언정 나에게나 남에게나 내가 불쌍하게 보이는 건 싫다. 그래서 새엄마도 나도 '아줌마'라는 호칭으로 합의 보고 그렇게 부르다 보니 이젠 익숙해졌다. 우리 엄마보다도 어리고 더 예쁘게 생긴 새엄마한테 아줌마라는 호칭이 좀 미안하긴 하지만 어쩔 수 없다. 아빠랑 재혼이라는 걸 한 아줌마 탓이니까 뭐.

"아빠한텐 뭐라고 하니? 분명 무슨 일이냐고 물어볼 텐데."

"그냥 사실대로 얘기하세요."

"설이 네가 직접 해. 난 싫다."

변호사인 아빠는 요즘 나에 대한 불만이 매우 많다. 다른 애들은 벌써부터 고등 입시를 준비하느라 열을 올리는데 공부엔 관심도 없고, 학원도 싫다고 안 다니고 있으니 아빠가 보기엔 내가 한심하겠지. 언젠가는 하도 학원에 가라고 하길래 내가 그랬다.

"아빠가 정 원하면 갈 수는 있어. 하지만 난 가서도 공부는 안 할 거야. 전기세 내러 학원 다닌다는 말 알지? 아빠 학원에 전기세 기부할 만큼 돈 많아? 그렇다면 갈게,

학원.”

아줌마는 아빠에게 나를 학원에 보내지 말라고 설득했다. 나 같은 아이는 자유롭게 커야 한다면서 하고 싶은 걸 할 수 있게 시간을 줘야 한다고, 조금 더 기다려주라고 말이다.

아줌마는 엄마가 돌아가시고 난 후 나의 고모할머니, 그러니까 아빠의 고모 소개로 아빠와 만나 결혼한 지 1년이 조금 넘었다. 고모할머니는 옷을 만드는 의류 회사 대표신데, 아줌마가 그 회사의 디자이너였다지 아마? 아줌마는 몇 년 전에 한 번 결혼을 했었는데, 결혼하고 두 달 만에 금방 이혼을 했다고 한다. 그 이유는 잘 모르지만 솔직히 지내면 지낼수록 우리 아빠랑 결혼하기엔 아줌마는 아깝다. 아빠에게는 나 같은 큰 딸이 있는데 아줌마는 아기도 없고, 더구나 성격도 나름 훌륭한 편이다. 다들 까칠하다고 하는 나와 이만큼 편한 사이가 되기까지 아줌마가 많이 노력했다는 걸 인정할 수밖에 없다. 뿐만 아니라 디자인을 전공했다는 아줌마는 가끔 내 그림을 봐주기도 한다. 그리고 내 그림을 보면 늘 칭찬한다. 이런저런 도움이 되는 말을 해주기도 하고. 처음엔 그게 나하고 친해지려고 일부러 그러나 했는데 그게 아니라는 걸 이제는 안다.

인정하기 싫지만 아줌마랑은 말도 통하고 마음도 꽤 통하는 편이다. 정말 괜찮은 어른이라는 것, 그게 내 진짜 엄마가 아니라 새엄마라는 게 가끔은 화가 나고 심통이 날 때도 있지만 그래도 팥쥐 엄마나 신데렐라 계모가 아닌 게 어디야.

"맴~ 맴맴맴맴맴."

한 놈이 울기 시작하자 공원 전체의 나무에 붙은 매미들이 질세라 울기 시작한다. 학교에서 집으로 가는 공원길은 이미 매미 소리로 가득 차 있다. 귀가 따가울 정도로 울어대는 매미 소리를 두고 사람들은 너무 시끄럽다느니, 중국 매미라느니 말들이 많지만 나는 여름이 되어 날씨가 더워지기 시작하면 늘 매미를 기다리곤 한다. 여름이 무르익어야만 기어 올라오는 매미들이 허물을 벗어던지고 딱 한 철 신나게 울어대는 것이 왠지 모르게 안쓰럽다. 그렇게나 경쟁적으로 매미들이 우는 이유는 암컷을 차지하기 위해서라지. 오랫동안 땅속에서 애벌레로 살다가 이 여름이 끝나면 자기 목숨이 다할 거라는 걸 매미들은 알까 모를까. 나라도 그들의 사연을 들어주고 싶은 이 마음은 아마도 별 쓸데없는 오지랖이겠지.

"저기, 네 친구 아니니?"

아줌마가 물었다. 고개를 들어보니 세연이 마주 오고 있었다. 학원에 가는 길인 것 같았다. 우리의 눈이 마주쳤다. 아는 척을 할까 말까 하다가 그만 서로를 지나치고 말았다.

"싸웠어?"

아줌마가 눈을 동그랗게 뜨고 묻는데, 아무 말도 하지 않았다. 순간 머릿속이 복잡해졌다.

"저, 잠깐만 얘기 좀 하고 갈게요. 먼저 가세요."

"그래. 오래 안 걸리지?"

뒤를 돌아 세연이에게 뛰어갔다. 공원길 도로 끝에 학원들이 모여 있다. 세연은 그쪽으로 걸어가고 있었다.

"이세연!"

세연이 뒤를 돌아보지도 않고 빠른 걸음으로 걸었다.

"야, 이세연!"

나는 세연의 팔을 돌려세웠다. 세연이 싸늘한 눈으로 날 쳐다보았다.

"있잖아. 그림 도로 찾았어. 담임이 뭐랬는 줄 알아?"

나는 묻지도 않은 말로 수다를 시도했다.

"안 궁금한데."

나는 잡았던 세연의 팔을 놓았다.

“너 왜 그래 정말 어제오늘. 아니라고 했잖아. 오해라니까.”

세연이 작게 코웃음을 쳤다.

“오해? 뭐가? 우리한테 무슨 일이라도 있었니?”

세연이는 차갑게 말하고 다시 뒤돌아 걷기 시작했다.

“너 정말 이럴 거야? 우리 우정이 이 정도밖에 안 되니? 난 건우한테 아무 관심 없어.”

우뚝, 세연이 멈춰 섰다. 그리고 나를 돌아보았다.

“그동안 걔 좋다고 너한테 상담하고 얘기하고 했던 걸 얼마나 후회하는 줄 알아? 네가 친구 뒤통수나 치고 다니는 앤 줄은 몰랐어. 앞으로 내 앞에서 우정 얘기하지 마.”

“뭐? 뒤통수? 너 말 다 했어?”

하지만 이미 세연은 내 앞에서 스무 발자국은 멀어진 채였다. 빠른 걸음으로 학원가로 들어간 세연을 나는 더 이상 쫓아가지 않았다. 세연이는 건우를 좋아하고 있었다.

건우는 1학기 중간에 전학 온 남자애다. 운동도 잘하고 성격도 좋아서 전학 왔어도 애들이랑 금방 잘 지내는, 그러니까 나랑 정반대의 성격을 가진 남자애다. 키가 크고 멀끔해서 관심 갖는 여자애들이 제법 있었다.

세연이가 방학하는 날 건우에게 고백한다고 해서 편지며

선물 준비도 내가 같이 해주었다. 그런데 건우가 내가 그린 그림을 보고 관심을 갖게 된 것이 화근이었다. 엊그제 담임에게 그림을 뺏긴 것도 건우가 내가 그린 여전사 그림에 대해 관심을 표하면서 아이들의 시선이 모아졌기 때문이었다.

그 일로 건우는 자기 때문에 그림을 뺏겼다면서 미안하다고 사과했다. 그 이야기를 하느라 학교 뒤뜰에서 잠깐 건우랑 이야기한 걸 세연이 보았다. 그리고 그날부터 세연이는 나와 눈을 마주치지도 말을 걸지도 않는 중이다. 나는 세연이의 화가 풀리기까지 기다릴 수가 없다. 혹시라도 오해가 풀리지 않을까 두려웠다. 왜냐하면 나는 친구가 없기 때문이다. 세연이 말고는.

퇴근하고 모처럼 일찍 온 아빠에게 나는 그림을 내밀었다. 정면 돌파였다. 그림을 본 아빠의 미간이 잔뜩 찌푸려졌다.

"이것 때문이었어? 학교에서 이런 걸 그렸단 말이야?"

"학교에서 그린 건 아니고, 집에서 그린 건데 애들이 봤어 내 그림을. 그래서 선생님도 보게 된 거고."

"이런 그림을 뭐 하러 학교에 가져가냐?"

이런 그림이라고?

"내 마음이야. 아빠가 무슨 상관이야?"

아빠는 내 말 두 마디에 벌써 열이 받았다. 아줌마가 아빠에게 눈치를 준다. 그러자 아빠는 끓어오르는 뭔가를 누르고 있었다. 선생님에게 가슴 어쩌고저쩌고 따졌다는 걸 알면 아빠는 무슨 말을 할까?

"일주일 뒤로 비행기 예약했어. 모레가 방학식이랬지?"

아빠가 화제를 바꿨다.

"난 안 간다고 했잖아! 왜 아빠 마음대로 해?"

나도 모르게 소리를 질러버렸다. 분명 안 가겠다고 이야기했고, 아빠가 가타부타 말이 없길래 그걸로 결론이 난 줄 알았다.

"인마, 안 가면 어떡해. 모처럼 가족끼리 휴가 가는 건데. 엄마 이제 배부르고 아기 나오고 그럼 더더구나 여행 가는 것도 힘들어질 거야."

"그러니까 둘이 갔다 오라고. 나는 싫다고."

"집에 혼자 있겠다는 거야? 오 일씩이나? 밥은."

"괜찮아. 라면 끓여 먹음 돼."

"이 녀석이 보자 보자 하니까 정말! 너 아무리 사춘기라고 봐준다지만 이건 무슨 어깃장이야!"

순간 배 안쪽 깊숙한 곳에서 무언가가 확 끓어올랐다.

"어깃장 아냐! 사춘기도 아니고! 어른들 진짜 웃겨. 우리가 우리 생각 좀 얘기하면 무조건 사춘기래. 사춘기 어쩌고 하면서 우리 엄청 봐주는 듯 생색내는 거 무지 웃기거든!"

아빠는 얼이 빠진 듯 나를 보았다. 여기서 멈추면 안 된다. 역효과다.

"나는 내 맘대로 여행 가고 안 가고도 못해? 아빠는 왜 맨날 내 말 무시해? 아줌마는 정 싫으면 안 가도 된다고 했어!"

"그럼 너 때문에 우리 전부 여행 포기하란 거야? 그리고, 너 언제까지 아줌마야! 그 호칭도 바꾸라고 했잖아!"

아줌마가 끼어들었다.

"호칭 얘기 이제 그만합시다. 우리 둘이 괜찮다는데 왜 그래요. 설이 밥 먹게 이제 그만해요."

아빠는 아줌마의 말에 멈칫하는 것 같았다. 나는 아빠를 무섭게 노려보며 말했다.

"아빠가 그러고도 변호사야? 아빠 고객들 변호는 대체 어떻게 해? 아빠는……."

"아빠는 뭐 이 자식아!"

내가 말을 끝맺지 못하고 망설이자 아빠는 재촉했다.

"아빠는, 아줌마만도 못해. 나랑 아무 상관도 없는 아줌마보다 내 마음을 더 몰라! 알아?"

나는 그 말을 하면서, 기가 막힌다는 눈빛으로 나를 바라보는 아빠 대신 얼른 아줌마의 기색을 살폈다. 나도 모르게 그랬다. 아줌마의 눈빛이 흔들리는 것이 느껴졌다.

"시소 탈 때마다 내가 어떤 마음인 줄 알아?"

"뭐? 시소? 그건 또 무슨 말이야."

갑자기 튀어나온 내 말에 나도 놀랐다. 아마 아줌마의 눈빛 때문이었을 거다. 나는 자리에서 일어나 방으로 들어가 버렸다. 아빠 얼굴을 마주 보기도 싫었다. 침대에 누워 천장을 바라봤다. 천장 벽지의 촌스러운 구름무늬는 내 마음도 모르고 평화롭기만 하다.

"짜증 나."

아줌마가 들어왔다. 바나나 하나와 내 그림을 책상에 올려놓고 의자를 가져와 침대 옆에 놓고 앉았다.

"설아."

나는 귀찮았지만 하는 수 없이 일어나 침대 머리에 걸터앉았다.

"그냥 둘이서 다녀오세요. 정말 가기 싫어서 그래요. 아줌마까지 안 가면 아빠랑 나랑 또 싸워야 해요."

"그럼 할머니 댁에 가 있을래? 집에 혼자 있을 순 없잖아."

나는 잠시 생각했다. 할머니네는 싫다. 아빠는 요즘 어떠냐, 새엄마랑 사이는 괜찮냐, 엄마 생각은 많이 하냐, 새엄마한테 잘해라……. 물어보는 것도 많으시고, 잔소리도 듣기 싫었다.

"고모할머니네 갈래요."

아줌마는 놀라는 눈치였다.

"정말? 거기가 더 편하겠어?"

"네."

고모할머니는 꽤 큰 의류 회사의 사장님이다. 일이 바쁘셔서 자주 집을 비우므로 나 혼자만의 시간을 보내기엔 할머니네 집보다 훨씬 나을 것이다. 집도 가까워서 자주 들락거리기 편할 것이라는 계산도 함께 해둔 터였다.

"그래, 그럼 아빠한테 얘기해보자."

아줌마가 나가고 혼자 남은 나는 책상으로 갔다. 그림을 들여다보았다. 연필로 그린 세세한 선들이 살아 움직이는 것만 같다. 나는 아주 어릴 적부터 연필로만 그림을 그렸다. 장군이나 영웅, 전사를 주로 그렸다. 덩그러니 주인공

만을 그린 소묘라기보다는 스토리가 있는 그림을 좋아했다. 그리고 그 취향은 지금껏 변하지 않았다.

엄마는 여자아이인 내가 전사나 장군 그림만 그린다고 이상하게 생각했다. 내가 그림을 좋아하고 다른 아이들보다 잘 그린다는 것을 알고는 자꾸만 색을 칠해보라고 하기도 했다. 하지만 나는 색을 칠하는 게 싫었다. 세밀하게 그린 연필의 선들이 뭉개지기 때문이었다.

엄마와 사이가 틀어지기 시작한 것은 그런 사소한 것들 때문이었다.

2. 고모할머니의 비밀

내가 이겼다. 아빠와 아줌마는 공항에 가는 길에 나를 고모할머니 댁에 데려다주었다. 할머니 댁 대문 앞에서 여전히 내게 화가 난 아빠와 약간의 실랑이가 있을 뻔했지만, 아줌마의 재치로 잘 넘어갔다.

멀어지는 아빠 차의 꽁무니를 잠시 바라보며 서글퍼지려는 기분을 업시키기로 했다. 그래, 여행에 따라가지 않은 건 정말 잘한 거야. 이제부터 혼자만의 시간, 나한테도 휴가를 주는 거야.

집에 들어가니 할머니는 계시지 않고, 집안일을 해주시는 아주머니만 계셨다. 아주머니는 내가 올 걸 미리 알고 계셨는지 내 짐을 들어주시고 반갑게 맞아주셨다. 나는 집 안을 찬찬히 둘러보았다.

조그만 마당이 있는 이층집에서 할머니는 혼자 사신다.

멋쟁이 할머니답게 집안 곳곳에 할머니의 감각이 느껴졌다. 아무리 그래도 거실 한가운데 커다란 액자에 담긴 할머니 사진은 볼 때마다 조금 우습다.

연예인도 아니면서 자기 사진을 이렇게 대문짝만 하게 걸어놓는 할머니는 아마 대한민국에 고모할머니뿐일 거다.

할머니는 결혼도 안 하고 오로지 옷 만드는 일만 하셨단다. 디자이너기도 하셔서 나는 화려한 경력을 가진 할머니가 당연히 어디 멀리 유학도 갔다 오셨겠거니 했는데, 할머니는 옛날에 공장에서 옷 만드는 가난한 여공이었다고 한다. 당연히 대학에서 디자인을 전공하신 것도 아니고, 유학은 꿈도 못 꾸셨다고 했다.

언젠가 잡지에서 할머니에 대한 기사를 본 적이 있는데, 그제야 난 고모할머니의 그런 사정에 대해 알게 되었다. 기사의 제목은 이러했다.

평화시장 공순이, 일류 디자이너가 되기까지의 풀스토리

할머니는 옷을 잘 만들기로도 유명하시지만 괴팍하고 특이한 성격으로도 명성이 자자하다. 고모할머니네 회사에서 일했던 아줌마의 증언에 따르면 이러하다.

"어우, 말도 마. 새 디자인 나올 시즌이 되면 그렇게 까다롭게 구실 수가 없어. 직원들 며칠씩 집에 못 가고 밤샘 작업하는 건 당연한 거고. 심지어 그즈음엔 마음에 드는 디자인이 나올 때까지 식사도 잘 안 하셔서 우리도 밥 먹기가 얼마나 눈치 보이던지. 하루에 적어도 직원 두셋은 선생님께 혼나고 눈물을 흘렸다는 거 아니니……. 그런데 신기한 건 아무도 그런 선생님의 괴팍한 성격을 싫어하지는 않았다는 거야. 결과로 인정을 받으니까. 멋진 분이지. 실력만큼은 나도 인정!"

참 이상하다. 능력은 능력이고, 나쁜 성격은 나쁜 성격인 거지. 능력이 좋다고 괴팍하고 특이한 성격까지 용서가 된다니. 뭐, 내 성격도 좋다고 할 수는 없지만. 그럼 나도 공부만 잘하면 모든 게 용서되는 건가?

할머니는 저녁 식사 시간이 다 되어서 집으로 돌아오셨다. 점심도 제대로 먹지 못해 배가 고픈데, 차려진 저녁상 앞에서 할머니가 옷을 갈아입고 나오실 때까지 한참을 기다려야 했다.

할머니는 눈이 시리도록 샛노란 원피스로 갈아입고 저녁 식탁에 앉으셨다. 목에는 푸른색 스카프가 길게 걸쳐져 있었다. 집에서 저녁 먹는데 저런 차림이 어울리는 건가? 역시 특이한 분이다.

"너, 방학이라지? 나는 오전 시간에 주로 늦잠을 자는 편이니까, 내가 일어나기 전까지는 집 안을 돌아다니거나 시끄럽게 하지 말아라."

할머니는 며칠간 지내며 지켜야 할 규칙을 몇 가지 일러 주셨다.

"네. 저도 방학에는 매일 늦잠 자요. 그런데 보통 할머니들은 아침잠 없지 않나요?"

고모할머니가 나를 쫙 노려보신다. 오, 눈빛이 매섭다.

"할머니라는 말은 별로 듣고 싶지 않다. 엄마가 되어본 적도 없는 내가 할머니라니, 너무 억울하지 않니."

"그럼 뭐라고 불러요?"

"흠, 글쎄다."

그것 보세요. 할머니는 그냥 할머니일 뿐. 나는 생선을 발라 먹으며 궁금한 걸 마저 물어보기로 했다.

"근데요. 집에서 매일 그런 옷 입으세요? 전 집에선 목 늘어난 티셔츠나 추리닝이 제일 편하던데. 그렇게 긴 스카프까지 치렁치렁 두르고 어떻게 밥을 먹어요?"

"나는 남들에게 내 목주름을 보여주는 게 싫다."

"아……."

헐, 목주름이래. 할머니가 주름 있는 게 당연한 거 아닌가?

"새엄마랑은 잘 지내는 거니?"

새엄마라는 소리가 목구멍에 덜컥 걸렸지만 나는 아무렇지 않은 척 수저질을 하며 대답했다.

"네, 뭐. 그럭저럭요."

역시 고모할머니도 다를 게 없다. 뻔한 질문을 빼놓지 않으시는구나.

"엄마는 안 보고 싶고?"

할머니는 벌써 다 드셨는지 숟가락을 놓으며 아무렇지 않은 말투로 물으신다. 나는 대답하고 싶지 않았다. 어른들은 크게 착각을 하는 것 같다. 아이들이 앞에 있으면 꼭 뭔가 질문을 해야 좋은 어른이라는 착각 말이다. 때로는 어른들끼리라면 예의를 차리느라 하지 않을 질문도 상대가 아이라면 서슴없이 하곤 한다. 바로 이런 식이다. 엄마는 보고 싶지 않니 같은. 보고 싶다고 해야 할까, 아니라고 해야 할까. 어떤 대답을 듣고 싶어 하는 질문인지 나는 정말로 알 수가 없다.

우리에게도 사연은 많다. 그냥 '보고 싶어요, 안 보고 싶어요.'라는 말 한마디로 끝낼 수가 없는 수많은 이야기가 마음속에 담겨 있는데, 그걸 어떻게 이거다, 아니다로 딱 잘라 말하라는 걸까. 바보 같은 어른들.

내가 며칠 동안 지낼 방은 이층이었다. 나는 식사가 끝나자마자 방으로 올라가 싸들고 온 만화책을 보았다. 내일은 늦잠을 자고 일어나 점심을 여기서 먹은 다음 오후엔 집에 가서 그림이나 그려야겠다.

도서관에서 빌려본 역사소설이 요 며칠 나를 흥분 상태로 만들고 있었다. 거기 등장하는 영웅의 모습을 작가가 어찌나 세세하게 묘사해놓았던지 나는 며칠째 그것을 어떻게 그려볼까 머리를 굴리고 있는 중이었다.

띠링.

메시지가 들어왔다. 세연이었다.

> 애들한테 내 얘기 하고 다니지 마.

이건 또 뭐야? 내가 언제?

> 그런 적 없어. 넌 정말 나를 그렇게 모르니?

바로 답이 왔다.

응 네가 그런 앤 줄 이번에 처음 알았어. 다른 애들이 우리 보고 삼각관계래.

혹시 네가 얘기하고 다닌 건 아니고?

이번엔 한참 만에 답이 왔다.

절교야 너랑은.

실은 어제 건우를 잠깐 만났다. 그 애랑 같은 수학 학원에 다니고 있다는 걸 최근에 알았다. 반은 다르지만 강의 시간이 엇비슷해서 바로 어제도 복도에서 마주쳤다.

혹시 세연이가 그걸 갖고 더 화가 난 건가? 세연이에게 어제 일을 얘기하려다가 나는 그만두었다. 다 소용없는 짓 같아서 전화기를 침대에 던져버렸다. 굴러간 핸드폰이 침대 아래로 툭 떨어졌다. 읽고 있던 만화책도 덮었다. 그러고는 침대로 쑥 들어가 얇은 모시 이불을 머리끝까지 덮었다. 정말 피곤하다. 뭐가 그렇게 복잡한 걸까. 내가 아니라는데, 우리는 친구라고 생각했는데. 그럼 친구의 말을 믿어야 하는 거 아닌가? 세연이가 원망스러웠다. 건우라는 그 애도 짜증이 났다. 붙어 다니던 세연과 내가 서먹해지자 바로 화제 삼아 물어뜯기나 하는 우리 반 애들 모두가 다 싫었다.

나는 떨어졌던 핸드폰을 집어 들고 이어폰을 연결해 음악을 들으며 우울해지는 마음을 가만히 바라보고 있었다.

잠이 깬 것은 목이 말라서였다. 아니면 잠자리가 바뀌어서였을까? 시계를 보니 새벽 1시가 조금 넘은 시각. 밖은 비가 내리고 있었다. 장맛비였다. 바람까지 제법 불어 창문으로 비 들이치는 소리가 요란했다. 나는 물을 가지러 1층으로 갔다. 집 안의 불이 다 꺼져 있었다. 넘어질까 무서워 조심조심 계단을 내려가려는데 아래층에서 두런두런 말소리가 들려왔다. 간간이 웃는 소리도 들린다.

'뭐지?'

조금 더 계단을 내려가자 그것이 할머니의 목소리라는 것을 알 수 있었다. 아침잠이 많으시다더니 이렇게 늦게까지 안 주무시는 건가? 그런데 이 시간에 누구랑 통화를 하시는 거야? 나는 계단을 다 내려와 살금살금 할머니 쪽으로 다가갔다. 왠지 방해를 하면 안 될 것 같아서였다. 할머니는 내가 내려온 줄도 모르고 수다 삼매경이다. 할머니가 앉은 소파 옆 조그만 탁자에 작은 스탠드 불빛이 할머니를 비추고 있었다. 그리고 그 불빛 덕분에 나는 똑똑히 볼 수 있었다. 할머니는 전화기를 들고 있지 않았다. 그냥 허공에 대고 혼자서 뭔가를 말하는 것 같았다.

"오라버니도 참, 그래서 내가 그때 그랬잖우. 밥은 먹고 가라고. 성질이 어찌나 불같은지 냅다 방문을 박차고 나가 버리더니, 빗길에 미끄러져서 그만. 호호호 하하하하."

할머니는 정말로 즐거운 듯 깔깔거리셨다. 이건 대체 무슨 상황인 걸까. 이렇게 비가 오는 한밤중에 어두운 데 앉아서 혼자 떠들고 있는 할머니라니. 할머니의 눈길을 쫓아가보았다. 할머니가 보고 있는 맞은편 소파에는 아무도 없었다. 순간 오싹한 느낌이 들었다.

"그때 엉치뼈 금간 거 아프지 않우? 나는 이렇게 비 오는 날만 되면 오라버니 생각이 나요."

이건 아니야. 뭔가 잘못된 거야.

"할머니 뭐 하세요?"

"아이고 깜짝이야!"

할머니는 정말 놀라셨는지 가슴을 쓸어내리며 나를 돌아보셨다.

"안 자고 이 시간에 왜 내려와?"

하시더니 맞은편 소파를 보면서,

"아 기다려봐요. 얘가 이렇게 갑자기 내려올 줄 누가 알았나. 가지 말고 있어요. 응?"

다시 보았다. 분명 소파에는 아무도 없다. 설마, 혼자 연기 연습이라도 하시는 건가? 혹시 이 할머니도 연예인 병 걸리신 거 아냐? 우리 반 소민이라는 아이는 아무도 없는 허공이나 거울에 대고 중얼거리는 게 일이다. 그 애는 꿈이 톱 탤런트가 되어 레드카펫을 밟아보는 거라고 한다. 그래서인지 혼자 중얼거리며 소리를 지르기도 하고, 하여간에 좀 시끄럽다.

"지금 뭐 하시냐고요. 누구랑 얘기하시는 거예요? 진짜로 연기 연습 뭐 그런 거예요? 죄송한데요, 할머니는 이미 너무 늦었거든요. 이런다고 연예인이 될 순 없다고요."

그러자 할머니는 알 수 없는 표정을 지으며 빽 소리치셨다.

"아 시끄럽다! 넌 말해도 몰라. 모르는 게 좋아. 올라가라."

말해도 몰라? 뭘?

"그럼 할머니 혹시, 몽유병 같은 거 있으세요?"

"거 귀찮아 죽겠네. 느이 할아버지랑 얘기 중이다! 됐니? 오랜만에 오신 거니 방해하지 말고 가라니까 그러네."

나는 모르는 단어도 아닌데 '할아버지'라는 말을 듣는 순간 갑자기 멍해졌다.

"할아버지요?"

할머니는 다시 허공에 대고 말씀하신다.

"아 그럼 어떡해요? 이미 들킨걸. 놀라도 지가 놀라는 거지 뭐."

할아버지? 우리 할아버지? 그렇지. 할머니가 내게 고모할머니니까, 나의 할아버지는 할머니의 오빠였다. 나는 다시 할머니의 건너편 소파를 바라다보았다. 텅 빈 허공이 왠지 술렁거리는 것 같으면서 찬 기운이 훅 끼쳐오는 것 같았다. 순간! 그 차가운 뭔가가 등허리를 타고 훅 내려가는 느낌. 갑자기 무서워서 다리가 후들거렸다. 왜냐하면 우리 할아버지는 돌아가신 지 오래되었기 때문이다.

"할머니 왜 그래요!"

나는 빽 소리를 질렀다.

"나 놀리는 게 그렇게 재밌어요? 돌아가신 할아버지랑 얘길 한다고요? 그게 말이 돼요? 아, 무섭게 진짜!"

"얘가 왜 이렇게 꽥꽥 소리는 질러대?"

하더니 다시 그 맞은편 소파에 대고 또 시작이었다.

“오라버니. 얘 성격, 이거 누구 닮았수? 아주 기차 화통을 삶아먹었네. 예? 뭐, 나? 참 나, 내가 얘 친할머니도 아니고 건너 건너 고모할머닌데 왜 나를 닮아요?”

“그만하세요 쫌!”

“어이쿠, 정신 사나워 죽겠다. 너야말로 제발 올라가 자라. 오랜만에 옛날 얘기하며 재미난데 도움이 안 되는구나. 응?”

이건 말도 안 된다. 박설, 정신 바짝 차려! 이건 아니야. 속지 마. 나는 숨을 한 번 크게 들이켜고 성큼성큼 걸어가 보란 듯이 건너편 소파에 앉았다.

“그러니까, 할머니 말은 우리 할아버지가 귀신이 돼서 여기 오셨단 거죠?”

“그래, 바로 네 옆에 앉아 계시는구나.”

나는 움찔해서 내 옆을 돌아보았다. 아까 그 차가운 기운이 다시 훅 내 몸을 훑고 지나갔다. 하지만 이대로 할머니의 놀림거리가 될 생각은 추호도 없다.

“정말 재밌는 분이시네요. 어디 한번 계속해보세요.”

할머니는 피식 웃으셨다.

“하긴 믿을 수 없겠지.”

"믿게 해주세요 그럼."

나는 일부러 더 눈을 크게 뜨고 할머니를 정면으로 바라보고 있었다.

"너, 며칠 전에 아빠랑 싸웠다면서? 혼자 집에 있으면서 라면 끓여 먹겠다고 했다던데."

뭐야, 아빠가 그런 것까지 할머니한테 얘기하고 갔나?

"아빠한테 들으신 거죠?"

"아니, 네 할아버지가 방금 얘기해줬다."

"안 믿어요."

"선생님이 그렇게 밉든? 네 그림을 뺏어서? 그래도 선생님한테 가슴이 없냐는 둥 그러면서 놀리는 건 못쓰지."

정신이 번쩍 들었다. 그건 아줌마와 나만 아는 이야기인데. 이건 아닌데. 아줌마가 그런 이야기를 했을 리가 없는데.

"기가 막혀. 아줌마가 말했어요? 그런 얘기까지요?"

"방금 네 친구가 너한테 절교하자고 문자 했지?"

헉. 헐, 오 마이 갓. 그, 그건 정말로 나 혼자만 알고 있는 일이다. 누구도 말해줄 수도 없는 이야기란 말이다.

"아무리 그래도 남자애 하나 놓고 친구랑 싸우면 쓰니."

꿀꺽 나도 모르게 침이 넘어갔다. 가슴속 심장이 쿵쿵

뛰는 소리가 어깨를 타고 귓전을 울렸다.

"할아버지가 너 그만 놀리라고 하는구나. 하하하하."

나는 얼른 자리에서 일어났다. 내 옆자리에 정말로 할아버지의 영혼이 앉아 있기라도 한 걸까? 진, 진짜란 말이야 그럼?

"하, 할머니…… 정체가 뭐예요?"

"나? 그냥 좀 보는 거지, 영혼을. 세상엔 떠도는 영혼이 무지 많거든."

그야말로 바보처럼 멍하니 입을 벌린 채 할머니를 바라보는 나를 보고 할머니는 하품을 하며 일어섰다. 프랑스 궁전 왕비나 입을 것 같은 하늘하늘한 실크 잠옷이 어둠 속에서도 빛났다.

나는 머릿속의 나쁜 생각이라도 털어내듯 혼자서 고개를 흔들다가 냅다 방으로 뛰어 올라갔다. 방문을 꼭 잠그고 침대로 들어가 이불을 뒤집어썼다. 아무리 머리끝까지 뒤집어써도 창문을 때리는 빗소리가 이불 사이를 뚫고 들어왔다.

빼놓았던 이어폰을 귀에 연결하고 볼륨을 있는 대로 크게 높였다. 음악 소리가 빗소리를 삼켜버렸다.

이건 말도 안 돼. 이건 말이 안 된다. 영혼을 본다니. 귀신과 이야기를 하다니. 그렇지만 좀 아까 세연이랑 나누었던 문자까지, 나의 스토리까지 알고 있는 할머니를 어떻게 설명해야 하는 거지? 정말 할아버지의 영혼이 이 집에 왔다는 것일까. 아래층의 저 고모할머니는 정말로 귀신과 통하는 걸까.

"있대. 영 능력자 같은 사람들, 정말로 영혼을 본다잖아."

언젠가 세연이와 수다를 떨면서 나눴던 이야기들이 머릿속으로 스쳐갔다. 세연이는 영혼이나 귀신의 존재를 인정한다고 했었다.

"무슨. 지금은 21세기야. 로봇이니 인공지능이니 난린데. 영혼? 귀신?"

"그럼 넌 사람이 죽어서 어디에 간다고 생각하니? 죽으면 정말 꽥! 그 죽음으로 모든 게 끝일까? 몸은 없어지지. 그렇지. 하지만 생각은? 정신은? 영혼은? 죽은 사람들의 수많은 그것들은 다 어디로 가는 걸까?"

그때 세연이의 물음에 이렇다 할 답을 내놓지는 못했지만 그럼에도 불구하고 나는 본 적도 없는 영혼의 존재를 믿을 수는 없었다. 그리고 그 생각은 지금도 마찬가지였다.

그래, 나는 내일 아침이 밝으면 당장 이곳을 떠날 것이다. 오 일 내내 라면도 못 먹고 쫄쫄 굶는 한이 있어도 이

괴상망측한 고모할머니의 집에서 떠돌아다니는 영혼들과 함께 지낼 수는 없다. 그때, 귀가 얼얼할 만큼 커다란 볼륨의 음악 사이로 어떤 생각 하나가 뛰어들어 왔다.

엄마.

이젠 세상에 없는 나의 엄마. 엄마도 만날 수 있는 걸까? 돌아가신 엄마도 영혼이 존재한다면 말이다. 돌아가신 지 십 년이 다 된 할아버지의 영혼이 할머니의 눈에 보인다면 엄마의 영혼도 어쩌면. 만약 할머니한테서 영혼을 볼 수 있는 방법을 배우면, 그래서 영혼과 이야기를 할 수 있게 된다면, 엄마를 만날 수 있을지도 모르잖아?

잠깐, 잠깐만! 내가 대체 무슨 생각을 하는 거야? 영혼이 된 엄마를 만난다고? 정말 그게 가능한 일일까? 하지만 방금 봤잖아. 목격했잖아. 세상엔 특별한 영적 능력을 가진 사람도 있다잖아. 그게 고모할머니였다니. 그래, 맞아. 어쩌면 이건 내게 기회일 수도 있다.

나는 정말로 엄마를 만날 수 있을지도 모른다.

3. 할머니의 첫사랑

눈을 떴다. 내 방이 아니라서 잠깐 놀랐다가 금세 정신을 차렸다. 잠이 덜 깨서 멍한 머릿속으로 어젯밤 일이 떠올랐다. 귀신과 통하는 고모할머니. 이 이야기를 누가 믿을까. 혹시 꿈이었나? 아니다. 내 옆에 아직도 음악이 흘러나오고 있는 이어폰이 널브러져 있었다. 얼른 아래층으로 내려갔다. 할머니는 거실에 나와 계셨다. 나는 다짜고짜 할머니에게 다가가 말했다.

"저도 그거 알려주세요. 어떻게 하는지."

할머니는 무심하게 물었다.

"뭘 말이냐."

"귀신, 아니 영혼하고 만나는 법이요. 어떻게 하면 볼 수 있어요?"

"내가 지금 좀 바쁘다."

아닌 게 아니라 할머니는 바빠 보였다. 그제야 할머니가 가방을 챙기고 있는 모습이 눈에 들어왔다.

"뭐 하세요? 어디 가시려고요?"

"내가 급히 갈 데가 생겼어. 하루 이틀 집을 비울 거다. 이럴 줄 알았으면 널 데리고 있는 게 아닌데 그랬다. 어쨌든 아주머니한테 이야기 잘 해놨으니 주는 밥 꼬박꼬박 먹고, 얌전히 있거라."

"네? 그냥 가시면 어떡해요? 귀신 나오는 집에서 할머니도 없이 귀신들하고 같이 자란 얘기예요? 저보고?"

할머니는 대답도 하지 않은 채 방으로 들어갔다. 화장대에 앉은 할머니는 바쁜 손길로 로션이며 크림을 바르신다. 분위기를 보아하니 내가 떼를 쓴다고 해결될 일이 아닌 것 같았다. 하지만 나는 나를 잘 안다.

이대로 이삼일을 얌전히 할머니가 돌아오시기만 기다린다는 건 나로서는 불가능하다. 내 성격이 얼마나 급한데. 나는 빠르게 머리를 굴렸다.

재빨리 2층으로 올라가 세수를 하고 배낭을 꺼내 급한 것만 챙겨 넣었다. 따라간다. 따라가야 한다. 배낭을 메고 내려오니 할머니는 벌써 현관을 나서고 있었다. 내가 따라붙자 할머니는 나를 보고 잠깐 멈추시더니 그 길로 그냥 나가신다. 내가 함께 따라나서는 것에 대해서 한바탕 입씨름을 할 것이라고 생각했는데, 의외로 할머니는 아무 말이 없으셨다. 집 앞에 택시가 와 있었다. 할머니는 기사님에게 서둘러 기차역으로 가자고 말했다.

뭐지, 이 심상찮은 분위기는? 할머니에게서 느껴지는 포스가 장난이 아니다. 할머니의 표정이 '나한테 말 걸지 말라.'고 강력하게 이야기하고 있는 듯했다. 회사에 무슨 큰일이라도 생겼나? 나는 조심스레 말을 걸어 보았다.

"기차 타시려고요? 출장 가시는 거 아니에요? 차 없어요?"

"기차가 더 빠르다."

말을 더 시켰다간 따라오지 말라고 할 것 같아서 나는 그냥 조용히 있기로 했다. 그런데 이상했다. 서울역에 도착해 표를 사고 플랫폼으로 가는 동안 내내 뭔가가 불편했다. 알고 보니 그것은 지나가는 사람들이 우리를 쳐다보는 시선 때문이었다.

'왜 자꾸 쳐다보지?'

아, 금방 그 이유를 알 수 있었다. 할머니의 차림새 때문이었다. 급하게 쫓아오느라 정신이 없어 눈에 들어오지 않았던 할머니의 패션. 할머니는 머리부터 발끝까지 검은

색 차림이었다. 깃털 하나가 불쑥 솟아오른 챙이 넓은 모자, 그리고 어김없이 목에 칭칭 감은 스카프에, 등이 푹 파진 딱 달라붙은 검은 원피스. 하지만 포인트는 따로 있었다. 바로 모자에 달린 베일, 참으로 접수하기가 쉽진 않다. 용기도 가상하신 할머니. 어떻게 할머니가, 늘씬한 모델이 입어도 소화하기 힘든 저런 차림을 하고 이렇게 사람이 많은 곳에 올 수 있을까.

할머니 옆에 서니 무늬 없는 티셔츠에 청바지를 입은 내가 이상해 보일 정도였다.

그래도 뭐, 할머니는 그런 사람들 시선 따위는 신경도 안 쓰신다. 아니 어쩌면 즐기고 계실지도 모르지. 세연이에게 할머니의 패션을 사진으로 찍어 보낸다면 엄청 재밌어할 텐데. 서로의 시간이 빌 때면 메시지를 주고받으며 수다를 떠는 게 일이었던 우리였다.

막상 핸드폰으로 수다를 떨 수 없다는 사실이 허전했다. 핸드폰을 손에 들고 만지작거리면서도 무얼 해야 할지 알 수 없었다. 어쩌면 친구는 각자의 빈 시간을 해결하기 위해 필요한 걸지도 모른다. 핸드폰 대화창에서 나누는 무수한 대화들, 하지만 별 의미도 쓸 데도 없는 대화를 통해 우리는 관계를 유지하곤 하니까. 그게 싫었던 건 아니지만,

솔직히 말하자면 마냥 좋지도 않았었다. 때론 귀찮을 때도 많았다. 답하기 싫을 때도 많았다. 그래도 나와 세연이는 각자의 핸드폰을 들고 끊임없이 낄낄거렸다. 그렇게 하지 않으면 관계를 유지할 수 없으니까.

우리가 탄 기차는 목포행이었다. 우리의 목적지도 목포다. 기차 안에서 심심해진 나는 크로키북과 연필을 꺼내 끄적거렸다. 열차가 흔들려서 제대로 그릴 수는 없었다.

"어디 가는지 궁금하지 않니?"

할머니가 말을 걸었다. 궁금함과 심심함으로 몸이 뒤틀리던 참에 와락 반가웠다.

"출장 가시는 거 아니에요?"

"아니다."

"그럼요?"

"첫사랑 만나러 간다."

엥? 첫사랑? 나도 모르게 낄낄 웃고 말았다.

"할머니가요? 첫사랑이요?"

"태어났을 때부터 할머니인 사람은 없다. 기분 나쁘게 웃기는."

그렇지. 맞는 말씀이다. 듣고 보니 그렇다. 할머니의 젊었을 때 모습은 어땠을까를 상상하면서 나는 말했다.

"죄송해요, 웃어서. 그런데 갑자기 첫사랑은 왜요? 그 첫사랑이 만나재요? 할머니를?"

"……."

"그럼 그분도 지금은 할아버지겠네요? 그런데 그 첫사랑 만나러 이렇게 갑자기 아침부터 달려가시는 거예요? 와, 엄청 좋아하셨나 봐요."

"……."

"헐. 혹시 그 첫사랑 때문에 결혼도 안 하신 거예요, 지금까지?"

"……."

첫사랑을 그리워하며 평생 혼자 산 할머니? 어쩐지 조금 슬프다. 그 첫사랑 할아버지는 결혼해서 아들딸 낳고 잘살았을지도 모른다. 그러다 최근 심각한 병에라도 걸려 죽기 전에 한번 만나자, 뭐 그런 연락이라도 온 건가? 할머니에게 이런 영화 같은 스토리가 있었다니.

"재밌을 것 같아요 첫사랑 얘기. 해주세요, 네? 언제 적인데요? 할머니 몇 살 때요?"

"열아홉."

순한 표정으로 이야기를 꺼내놓으시는 할머니의 얼굴을 보며 나는 더욱 신이 났다.

"오호. 그럼 고딩 때요? 흐흐흐. 빠르셨네요. 어디서 만난 거예요? 학교? 아님 학원?"

"공장에서."

아, 공장. 음, 공장. 학원이라니, 정말 바보 같은 질문이었다. 할머니는 공장에서 재봉을 하셨다 했는데, 중학교 이후로는 학교도 제대로 못 다녔다고 했는데 학원이라니. 인정하기 싫지만 나는 확실히 맹한 구석이 있다. 갑자기 싸해진 분위기를 수습하려고 나는 계속해서 수다를 떨었다.

"이루어지지 못한 첫사랑, 뭐 그런 것 같은데 이제 와서 왜 만나시려고요? 서로 늙어버린 모습 보면 확 깨지 않을까요? 그냥 안 가시는 게 어때요?"

할머니는 말씀이 없으시다. 첫사랑 만나러 가는 게 중요한 게 아니고요, 저한테 영혼을 볼 수 있는 방법이나 알려 달라고요.

"네? 정말 그럴 수도 있다니까요."

"죽었다고 연락이 왔어."

"아……."

다시 말문이 막혔다. 죽음. '죽음'이라는 말은 내게 그리 간단하지가 않다. 대부분의 내 친구들에게는 모양도 색깔도 없는 그냥 사전에 나오는 뜻이 전부인 단어지만, 내게는 그것이 무게도 있고 모양도 있고 느낌도 있는 살아 있는 말이기 때문이다. 왜냐하면…… 엄마의 죽음을 겪었으니까. 그러고 보니 할머니의 검은색 차림이 이해가 되었다. 상갓집에 가시는 중이었던 거다 그러니까.

우리는 다시 조용해졌다. 나는 꺼냈던 크로키북과 연필을 가방 속에 집어넣었다. 왠지 지금 그림을 그릴 타이밍은 아닌 것 같다는 생각이 들었다. 내가 가방의 지퍼를 잠근 후 옆에 놓자 할머니는 내가 마치 할머니의 40년 지기 친구라도 된 듯 긴 이야기를 하시기 시작했다. 그 이야기는 할머니에게도 내게도 쉽지 않은 것들이었다.

할머니가 공장에서 일한 건 정확히 열일곱 살 때부터라고 한다. 열일곱이면 나랑 겨우 두 살 차이. 그냥 지나가다 흔하게 만나는 언니, 어쩌면 친구라고도 할 수 있는 그런 나이. 할머니에게도 그런 시절이 있었던 거다 그러니까. 할머니는 그때 공장에 다니기 시작했다고 한다. 옷을 만드는 공장이었다. 그 공장에서 가장 직급이 낮은 심부름꾼인 시다부터 시작해서 나중에 공장을 나설 즈음엔 재봉 솜씨가 그곳에서 최고였다고 한다. 열일곱의 할머니는 우리 교실보다도 작은 방에서 스무 명도 넘게 모여 앉아 옷감을 만지고 실밥을 정리하는 일부터 시작했는데 하루에 적게는 12시간, 많게는 18시간을 일했다.

생각해보자. 18시간 일을 하는 날로 따지면, 할머니는 하루 24시간 중 일하는 시간을 뺀 나머지 6시간 동안 자고, 먹고, 화장실도 가야 했을 것이다. 공장에 일이 많을 땐 그런 식으로 야근을 하는 날이 많았고, 그러다 보면 잠이 모자라 재봉틀 바늘에 손가락을 찔리는 날이 수도 없었다. 당연히 할머니의 손은 성할 날이 없었고.

바늘에 찔린 손보다 더 힘든 건 달고 사는 기침이었다고 한다. 먼지 때문이었다. 옷감에 붙은 먼지가 얼마나 많을까 싶지만, 작은 공간에 창문 하나 없이 스무 명이 만지는 옷감에서 나오는 먼지는 상상을 초월할 정도였다. 더 기막힌 건 기침이 나와도 물을 마음껏 마실 수 없다는 거였다. 물을 많이 마시지 말라고 작업반장은 늘 잔소리를 했다. 왜냐고? 물을 마시면 화장실에 자주 가야 하기 때문이다. 화장실에 자주 가면 일할 시간이 줄어드니까. 창문도 없는 어두컴컴한 그곳에서 늘 기침을 하며, 찔리고 또 찔려 누더기가 된 손가락으로 미싱을 돌리면서 할머니는 화장실도 마음껏 갈 수가 없었다.

방마다 한 명씩 배정된 작업반장은 정말로 무서운 존재였다. 작업반장은, 말 그대로 일이 진행되는 상태를 점검하고 지시를 내리는 그 방의 반장인데, 가장 중요한 업무는 '감시'였다. 일을 하다 졸기라도 하면 욕을 하며 심하게 모욕감을 주는 것은 예삿일이고, 심지어는 때리기까지 했다. 가장 무서운 건 '그렇게 할 거면 당장 공장을 그만두라.'는 협박이었다.

나 같으면, 그런 공장 따위 내가 먼저 때려치우고 나왔을 것이다. 하지만 할머니와 할머니의 친구들은 그런 말도 안 되는 힘든 일을 시키는 그곳에서 나가라고 할까 봐 전전긍긍이었다. 돈 때문이었다. 대부분의 그녀들은 가족들이 살아가는 데 필요한 돈을 벌어야 했다. 고모할머니는 바로 위 오빠인 우리 할아버지의 학비와 생활비를 책임지고 있었다.

나의 할아버지, 그러니까 할머니의 오빠는 할머니가 열일곱 살 공장 생활을 시작할 때 군대를 다녀온 대학생이었고, 법학을 전공했지만 학비의 대부분을 스스로 벌어가며 학교생활을 했기 때문에 법률가가 되기 위한 사법 고시는 꿈도 꾸지 못했을 때였다. 하지만 할머니가 공장 생활을 하며 돈을 벌기 시작하자 할아버지는 그 돈으로 학비도 내고, 생활비 도움도 받아가며 시험 준비를 할 수 있었다. 그러니까 할머니는 오빠와 함께 공장 근처에서 자취를 하며 오빠에게 책을 사주고, 학비를 주고, 밥을 해주었던 셈이다. 그때 할머니는 남자로 태어나지 못한 게 정말 싫었다고 한다. 남자 형제를 위해 희생해야 했던 날들이 너무나 억울하고 지긋지긋했다고 한다.

"어느 날은 공장일이 끝나고 시장에 들러서 팔다 남고 버려진 배춧잎을 긁어모아 푼돈을 주고 사왔어. 왜 버려진 배춧잎이냐고? 성한 배춧잎은 비싸니까. 아무튼 그걸로 된장국을 끓이는데, 그렇게 눈물이 나는 거라 그날따라. 쉴 새 없이 흐르는 눈물에 밥도 못 하고 주먹만 한 부엌 바닥에 앉아 엉엉 울다가 지쳐버렸지. 그러다 갑자기 무슨 힘이 났는지 방으로 들어가 오라버니의 책을 모조리 가져다 쓰레기통에 처넣었다. 나중에 돌아온 오라버니가 날 얼마나 혼내던지."

나는 할아버지가 미워서 그랬냐고 물었다. 당연하지. 세상에 무조건적 희생이라는 게 있나? 하물며 부모도 아닌 여동생이 오빠를 위해서 하루 스물네 시간을 다 써야 한다면 그건 아무리 생각해도 너무 억울할 것 같다. 아무리 오빠라도 밉지 않은 게 이상한 거다. 하지만 할머니는 그게 아니라고 했다.

"그럼 왜 그러신 거예요?"

할머니는 잠시 대답을 미루고 계신 것 같았다. 나는 더 이상 묻지 않고 할머니의 대답을 기다렸다.

"나도, 나도 말이다."

"네."

"나도 학교에 가고 싶어서. 공부가 너무 하고 싶어서."

"……"

머리를 망치로 맞은 것처럼 띵, 나는 아무 말도 할 수가 없었다. 학교에 가고 싶어서. 공부가 하고 싶어서. 하고 싶은 게 고작 그거라니. 다른 뭣도 아닌 공부라니 말이다.

4. 섬으로 가는 배

기차 창밖의 푸른 여름 들판은 더 없이 시원해 보인다. 비에 젖은 논의 벼들이 이제 막 다시 모습을 드러낸 햇빛에 반짝거리며 앞다투어 키 자랑을 하고 있다.

파란 하늘, 푸른 논, 간간이 보이는 색색의 시골집 지붕들이 한데 어우러져 그림보다 더 예쁜 그림을 만들어내고 있었다.

조용히 할머니를 돌아보았다. 눈을 감은 채 부채질을 하고 계신 할머니의 옆모습이 어딘지 모르게 달라 보인다. 얼굴을 반쯤 가린 베일 속 할머니가 어떤 얼굴을 하고 계신지 잘 보이지가 않았다.

공부하기 싫어서 가라는 학원에도 안 가고 아빠와 다투는 나로서는, 공부가 하고 싶어 된장국을 끓이다 말고 주저앉아 엉엉 울었다는 할머니를 이해하기 위해서 기차가

종착역에 도착할 때까지 꽤 많은 생각을 해야 했다.

그래. 게임을 하느라고, 친구들과 수다를 떠느라고, 그림을 그리느라고, 좋아하는 아이돌 그룹을 쫓아다니느라고 공부를 못했던 게 아니라 공장에서 18시간 일을 하느라고 그랬다면. 그것도 자신을 위해서가 아닌 형제를 위해서 죽을힘을 다해 돈을 벌어야 했던 거라면, 할머니 말대로 공부가 '너무나' 하고 싶었을 수도 있겠다.

생각하다 보니 할머니에게 감사해야 할 사람은 할아버지뿐만이 아닌 것 같다. 할머니가 돈을 벌지 않았다면 아마 할아버지는 스스로 돈을 벌어야 했을 것이다. 그 어렵다는 고시 공부를 해서 법률가가 되지 못했을지도 모르고, 그러면 어쩌면 아빠는 세상에 없었겠지. 나는? 당연히 존재하지 않았을 거다.

그러니까 지금 내가 이 자리에 있는 것은 모두 고모할머니 덕분인 건가? 흠, 할머니와 내 인생이 이렇게 깊게 엮여 있다니, 놀라운 발견이었다.

기차역에서 내려 우리는 선착장으로 갔다. 거기서 배를 타고 들어가야 하는 섬에 할머니의 돌아가신 첫사랑이 계시다고 했다.

기차에서 봤던 햇빛이 쏟아지기 시작하던 여름 들판과

달리 이곳 바닷가 도시는 여전히 비바람이 거셌다. 선착장에 가보니 사람이 별로 없었다. 할머니가 표를 파는 창구의 직원에게 섬으로 가는 표를 달라고 했다.

"오늘 배 못 떠요."

직원은 책상을 정리하며 우리를 보지도 않고 말했다.

"왜 못 떠? 이 정도 바람에도 못 뜨면 섬에 가야 하는 사람들은 어쩌라고."

"제가 결정하는 게 아니에요 할머니."

"할머니? 지금 뭐랬어. 할머니? 참 나, 기가 막혀서. 그럼 결정하는 사람 누구야! 나오라고 그래!"

할머니는 애꿎은 직원에게 화를 냈다. 첫사랑 소식을 듣자마자 빨리 오려고 기차까지 타고 급하게 내려온 할머니에게 여기서 멈추라니, 비바람 때문에 달려갈 수 없다니 화가 나실 만도 하다. 그래도 큰 소리에 막무가내인 할머니가 조금 창피했다.

"그냥 가요 할머니. 이런 날씨에 배 타다가 큰일 나요."

나는 할머니를 잡아끌었지만 힘이 어찌나 센지 한 발짝도 움직이지 않으셨다. 할머니는 계속해서 직원에게 말했다.

"그럼 몇 시나 돼야 배가 뜬다는 거야?"

"오늘은 글렀고요, 내일 와 보세요."

직원은 짜증이 난다는 듯 창구 문을 꽝 닫고 뒷말을 붙였다.

'우천으로 결항'

할머니는 직원이 사라진 뒤에도 미련이 남는지 계속 씩씩거리며 서 계셨다. 그때였다.

"내일은 뜰 겁니다. 날씨가 갤 거예요."

돌아보니 웬 할아버지 한 분이 서 계셨다. 빳빳한 하얀 셔츠가 깔끔해 보이는 할아버지는 웃는 얼굴이었다. 웃는 얼굴 위로 빛나는 은색 머리가 독특한 인상을 풍기고 있었다.

"이 나이쯤 되면 기상청 예보보다 몸으로 먼저 날씨를 알게 되지요. 저는 저 섬에 사는 바닷사람이니 믿으셔도 됩니다."

"아, 네."

할머니의 얼굴이 조금은 풀어지는 것 같았다.

"여기, 여기 좀 앉으세요."

할아버지는 작은 대합실의 의자를 손수건으로 닦으며 말했다.

"지금은 바람이 너무 거세서 나가셔도 움직이기 힘듭니다. 조금 잦아들고 나서 나서시는 게 좋아요."

할머니는 갑자기 말 잘 듣는 어린아이가 되었다.

"그럴까요 그럼?"

하더니 냅다 할아버지 옆자리에 앉으시는 거다.

"너는 왜 그리 뻐쩡하게 서 있니? 이리 와 앉아."

할머니는 어쩔 줄 몰라 창구 앞에 그냥 서 있는 나를 불렀다.

갑자기 이 상황은 또 뭔지, 황당한 생각이 들었다. 영혼과 통한다는 고모할머니를 쫓아 예정에도 없던 섬 여행을 하게 된 것도 웃긴데, 이렇게 선착장에 발이 묶여버렸으니. 게다가 저 할아버지는 또 뭐야. 웬 친절?

할머니 옆 조금 떨어진 곳에 엉거주춤 서서 나는 핸드폰을 꺼내 들었다. 할머니와 그 할아버지는 어제까지 알고 지낸 사람들처럼 이야기를 나누기 시작했다.

"섬에 갈 일이 있으신가 봅니다."

"네, 친구를 좀 만나려요."

"저는 저 섬에 하나밖에 없는 초등학교에서 아이들을 가르칩니다."

"아이고, 선생님이시군요."

"실은 제 제자 하나가 여기서 중학교를 다니는데 그림으로 상을 타서 여기서 전시회를 연다길래 여기까지 이렇게 구경 나왔다가, 그만 태풍 때문에 저 역시 섬에 못 들어가고 발이 묶였어요."

그림 전시회라는 말에 내 귀가 쫑긋 섰다.

"네. 그러시군요."

"아! 어차피 배도 못 뜬다는데 혹시 오늘 별다른 일이 없으시면 그 전시회에 한번 가보지 않으시겠습니까? 여기서 멀지 않습니다."

나는 들키지 않게 피식 웃고 있었다. 저 할아버지 참 번죽거리시네. 시골 분이라 그런가? 그런데 번지수를 잘못 찾으셨다. 우리 할머니처럼 괴팍한 분이 생전 처음 보는 사람, 그 제자의 전시회에 갈 리가 없다.

"사실 딱히 할 일이 없긴 하던 참입니다만."

나는 고개를 번쩍 들어 할머니를 보았다. 내 예상은 완전히 빗나갔다. 심지어 할머니는 반색을 하며 당장이라도 따라 나갈 기세였다.

"어이쿠, 잘됐네요. 마침 전시회에 사람이 그리 많지 않아서 같이 가주시면 제자가 무척 좋아할 겁니다."

어휴. 저절로 한숨이 나왔다. 이대로는 안 되겠다 싶어 나는 할머니를 끌고 서둘러 화장실로 갔다.

"그 전시횐가 뭔가 진짜로 가시려고요?"

“그래, 가자. 지금 딱히 할 일도 없잖니.”

방금까지 배 안 뜬다고, 한시라도 빨리 가야 한다고 애가 타던 분 맞는 걸까? 할 일이 없으시면 어디 시원한 카페라도 들어가서 영혼 만나는 방법이나 전수해 주실 것이지. 내가 여기까지 왜 따라왔는지 새까맣게 잊으셨나?

“할머니 여기 온 이유가 있잖아요. 돌아가신 첫사랑 만나러 온 거잖아요.”

할머니는 그래서 뭐?라는 얼굴로 나를 보았다.

“아 진짜! 거길 왜 따라가냐고요. 오늘 처음 만난 이상한 할아버지를. 아니, 할머니는 낯선 사람 함부로 쫓아가면 안 되는 것도 모르세요?”

“얘, 너는 아무리 어리다지만 사람 볼 줄을 그렇게 모르니? 인상을 봐라. 어디 나쁜 분인가. 그리고…….”

하더니 나에게 귀를 대보라는 시늉을 하신다. 나는 이글이글 올라오는 짜증을 누르며 할머니에게 귀를 대어드렸다.

“잘생겼잖아. 거기다 은발의 멋쟁이.”

하며 룰루랄라 거울을 보고 화장을 고치시는 할머니. 나는 할 말을 잃어버렸다. 저 고모할머니는 정말이지 매 순간 반전이구나. 귀신과 이야기를 하다가, 첫사랑의 순정에 창백한 얼굴을 하시더니, 이젠 웬 할아버지가 잘생겼다고 쫓아가신단다.

십 대인 나를 순간순간 멘붕으로 만드는 육십의 할머니를 어떻게 감당해야 할지.

5. 작은 고흐

비 오는 바닷가 도시의 풍경을 이렇게 자세히 본 것은 처음이었다. 선착장에서 버스로 15분 거리라는 할아버지의 안내에 따라 나는 계획에도 없던 버스를 타고 시내 구경을 하고 있다.

서울 어디 같으면 이 어이없는 상황을 내팽개치고 그냥 택시라도 잡아타고 집으로 가면 그만이지만 이렇게 멀리까지 와서 혼자 가버릴 수도 없고. 정말이지 이상하게 꼬여버렸다.

하지만 버스를 타고 5분 정도 지나자 짜증 나던 마음이 조금씩 가라앉았다. 바닷가 도시의 낡은 버스, 내리는 비. 어딘지 모르게 낭만적이라는 생각이 들었다. 버스를 타고 앉으면 승용차에서 보이지 않던 거리의 모습이 보인다. 승용차와 버스, 단 두 발짝 올라타는 것인데도 느낌이 달라진다. 승용차에서 보던 답답함이 사라지는 대신 다른 뷰가 펼쳐진다. 단 두 발짝 차이인데도 말이다. 시선. 어쩌면 다른 방향에서 본다는 것은, 볼 줄 안다는 것은 생각보다 중요한 일일지도 모른다. 열어둔 창문으로 숨을 깊게 들이쉬자 습한 바다 냄새가 나는 것 같기도 했다.

안 들으려고 해도 자꾸 들리는 두 분의 대화에 나도 모르게 귀가 쫑긋거려졌다.

"성함이……."

할머니는 할아버지의 이름까지 물어보고 있었다.

"박입니다."

"아, 박 선생님이시군요. 그런데 제자 분이 몇 학년인가요?"

할머니는 할아버지가 정말로 마음에 드는지 세상에 없는 친절한 얼굴이다.

"중학생입니다. 2학년이죠."

"얘, 너랑 똑같구나."

"아, 네."

나를 툭 치며 건네는 할머니 말에 나는 어색하게 대답했다.

"그런데 중학생이 벌써 그림 전시를 하나요?"

상을 타서 전시를 한다더니 아마 입상자 전시회쯤 되는 모양이다. 나도 초등학교 2학년 때 전시회라는 곳에 내 그림이 걸린 적이 있다. 다니던 미술 학원에서 미술관을 빌려 학원에 다니는 학생들 그림을 전시했다. 엄마는 엄마가 아는 온갖 사람들을 다 불러다 내 그림을 자랑했다. 하지만 나는 그림이 별로 마음에 들지 않았다. 솔직히 전시회에 걸린 그림들은 나 혼자 그린 것도 아니었다. 선생님이 도와주셨지.

다섯 살 즈음부터 그림을 그렸다는 나. 그 이후 내가 그림만 그리면 친구들도 어른들도 칭찬을 많이 했다. 그러자 엄마는 내가 일곱 살이 되던 봄에 나를 미술 학원에 데려갔다. 내 손을 잡고 처음 학원에 가면서 엄마가 그랬다.

“설이 네 그림은 엄마가 봐도 정말 멋져. 우리 설이는 미술을 전공해도 좋을 것 같아.”

전공이라는 것이 무엇인지도 몰랐던 그때, 내가 좋아하는 그림을 더 잘 그릴 수 있게 가르쳐주는 학원이라니까 나는 신이 나서 엄마를 따라나섰다. 하지만 학원을 다니면서 나는 그곳에서 그림 그리는 것을 싫어하게 되었다. 학원에서는 내가 그리고 싶은 그림을 그리는 것이 아니라 선생님이 그리라는 것들을 그려야 했다.

"설이 스케치가 정말 훌륭해요. 그런데 색에 대한 감각을 조금 더 키워야 할 것 같습니다."

학원 선생님의 말을 듣고 엄마는 그날부터 온갖 종류의 물감이며, 파스텔, 비싼 색연필 등을 집에 사놓고 색을 칠해보라고 했다. 나는 그런 엄마가 점점 짜증이 났다.

"왜 자꾸 색을 칠하래! 난 싫다니까. 그냥 연필로만 그리는 게 좋다고. 색을 칠하면 내가 그린 게 망가진단 말이야."

"설아, 이 화가들이 그린 그림을 봐. 색이 너무 아름답잖아."

엄마는 유명한 화가들의 그림이 잔뜩 담겨 있는 도록과 책들을 보여주며 나를 달래곤 했다. 끼익. 버스가 급정거했다. 엄마 생각도 멈췄다.

"제 제자지만 신통한 녀석이에요. 그림을 정말 좋아하고 잘 그리거든요. 이 녀석 별명이 작은 고흐예요. 고흐 아시죠? 반 고흐."

"아, 그 죽기 전에 미쳐서 자기 귀를 잘라버렸던."

"네, 맞아요. 이 녀석은 고흐의 노란빛이 좋다고 늘 말하곤 합니다."

"섬에 있기 아까운 친구네요."

"그렇죠. 하지만 섬에 있어서 그림에 더 집중할 수 있는

지도 모르죠. 고흐도 자연을 찾아 돌아다녔다면서 자신도 그런 화가가 될 거라네요."

그림을 그린다는, 고흐를 좋아한다는 할아버지 선생님의 제자 이야기는 내 관심을 끌어당겼다.

"녀석은 외삼촌 댁에 살고 있어요. 아빠는 누군지 모른다고 하고, 엄마는 이 아이를 낳아서 조금 기르다가 아이 외삼촌한테 맡겨놓고 섬을 떠났어요."

"아이고, 저런."

할머니는 혀를 찼다. 이야기를 듣던 나는 이상하게 조금씩 화가 나기 시작했다. 아니 이상하지 않다. 나는 그 이유를 안다. 할아버지 선생님한테 묻고 싶다.

"할아버지, 선생님이라면서 아무리 제자라지만 남의 아픈 이야기를 다른 사람한테 그렇게 막 얘기해도 되는 거예요?"

어른들은 무신경하다. 그 아이는 선생님이 자기 얘기를 오늘 처음 본 낯선 사람들에게 말하고 다니는 걸 알까.

전시회가 열리는 자그마한 예술회관이 아늑해 보였다. 엄마 손에 이끌려 유명한 전시회라면 많이 다녀보았지만 지금보다 더 작은 아이였던 나는 항상 전시회의 크기에 주눅이 들곤 했다. 그림에 가까이 다가갈 수도 없고, 만져서도 안 되고, 큰 소리로 이야기도 할 수 없는 그곳은 지루할 때가 많았다.

안으로 들어가자 그림을 구경하는 몇몇이 눈에 띄었다. 둘러보니 초등학생들 그림이 주를 이루었고, 간간이 중고등학생들 것도 있었다. 그러다 그 그림을 보았다. 노란빛 바다. 바다는 지고 있는 햇빛을 받아 온통 노란빛이었다.

아, 그 아이구나. 고흐.

그림 밑에 이름이 있었다. 김서주였다. 노란 바다 그림 옆은 어떤 노인의 초상화였다. 이것도 어딘지 많이 보던 고흐의 초상화 느낌이 난다. 그런데 자세히 보니 그 아이가 그린 노인은 버스를 같이 타고 온 그 선생님을 닮았다. 쿡, 웃음이 나왔다. 그림이 따뜻했다. 노란 바다도, 할아버지 선생님도 내가 학원에서 보고 배웠던 그림들이랑은 어쩐지 좀 달랐다.

"너, 누구야?"

돌아보니 키가 나보다 더 큰 남자아이가 서 있다. 내 키가 유난히 커서 웬만한 남자애들도 키로 나를 이기기 쉽지 않은데, 얘는 나보다 한 뼘은 더 큰 것 같다. 삐쩍 말라 더 커 보였다.

"그림 구경하는데. 누군지 밝혀야 돼?"

"아니. 보러 오는 사람이 별로 없거든. 우리 학교 애는 아니라서."

"네가 김서주?"

그 아이가 고개를 끄덕였다.

"너 고흐라며? 작은 고흐."

이번엔 그 아이의 눈이 동그래졌다.

"네가 그걸 어떻게 알아?"

나는 픽 웃고 말았다.

"그림 얘기 좀 해줘. 네가 작가잖아."

서주는 부끄러운 듯 망설이더니 노인의 초상화를 가리키며 말했다.

"우리 선생님이야. 나 초등학교 때."

역시 그렇구나. 나는 전시회장을 눈으로 훑었다. 할머니도 할아버지 선생님도 보이지 않았다. 두 분이 데이트라도 하러 가신 건가?

"진짜로 훌륭한 분이셔. 그림 못 그릴 것 같아서 포기하려고 했었는데, 다시 하게 해주신 분이야. 나 그림 실컷 그리라고 물감이랑 도화지랑 붓이랑도 많이 사주셨어. 우리 집이 좀, 아니 많이 가난하거든."

나는 그 아이 얼굴을 자세히 보았다. 까맣게 탄 얼굴에 큰 눈이 착해 보인다. 가난해서 물감도 도화지도 못 산다는 이야기를 하면서 아무렇지 않을 수 있는 그 애의 정직한 마음이, 흠…… 뭐라고 말해야 할까. 그래, 부러웠다. 나는 지금껏 그 누구에게도 돌아가신 엄마를 미워했었다는 내 마음을 나눌 용기를 가져본 적이 없는데…….

"네 그림 좋다. 진짜야."

서주가 내 말에 활짝 웃는다. 나도 웃는다.

"너도 그림 좋아하지? 왠지 그럴 것 같아."

나는 고개를 끄덕였다.

"있어?"

"뭐가?"

"네 그림."

나는 잠시 망설이다가 전시관 한쪽의 작은 벤치로 가서 앉았다. 그리고 가방을 열어 둘둘 말아두었던 내 그림을 꺼냈다. 어느새 그 애가 옆에 와 내가 펼친 그림을 같이 보았다.

"와!"

서주는 내 그림을 자세히 들여다보았다.

"괜찮아?"

"멋지다. 어떻게 연필로 이런 느낌을 내냐? 난 이런 건

죽어도 못할 거야."

"대신 넌 색을 잘 쓰잖아. 난 너처럼 못해."

"넌 어디서 그림을 배웠어?"

"학원에 다녔어."

서주가 고개를 끄덕였다.

"그런데 이 그림은 학원에서 배운 건 아니고, 그냥 내 맘대로 그린 거야. 너처럼 그려보려고 학원에 다녔었지. 그런데 잘 안 됐어."

"나도 다녀보고 싶다고 생각한 적 많아. 섬에는 미술 학원이 없거든."

"내가 다녔던 학원 애들이 그린 그림보다 네 그림이 훨씬 멋있어. 걱정 마."

진심이었다.

"고맙다. 말이라도."

서주가 낄낄거리며 웃었다.

"진짜야. 왜 웃냐?"

나도 낄낄대며 말했다. 그러다 그 아이의 운동화를 보았다. 끈이 풀려 있었다.

"너 운동화 끈 풀렸다."

서주가 운동화 끈을 묶는다. 끈을 묶기 위해 엎드린 그 아이의 등이 정겨워 보였다. 그때였다. 누군가가 그 아이를 불렀다. 서주는 운동화 끈을 한껏 조이더니 내게 눈인사를 하고 다른 곳으로 사라졌다.

나는 일어서서 그림을 좀 더 자세히 들여다보기 위해 다가갔다. 노란빛 바다가 마음을 편안하게 해주는 묘한 색감을 지니고 있었다. 저 깊은 노란빛은 어떤 색을 섞어서 만든 걸까.

"작은 고흐라 할 만하죠?"

언제 오신 건지 서주네 선생님이 옆에 서 계셨다.

"아, 네. 뭐."

선생님은 뿌듯한 얼굴로 내가 보던 그림을 같이 보고 있었다.

"저희 할머니는요?"

"화장실에……."

나는 어색한 상황이 되면 늘 그러듯 입술을 오물거리며 그림만 보았다. 그때 전화벨이 울렸다. 조용한 미술관에서 울리는 전화 소리에 깜짝 놀라, 나는 얼른 전화를 받았다. 아빠였다.

"나 지금 전화받기 좀 그래. 미술관이야. 응? 음…… 그냥 심심해서. 아, 아니. 할머니랑 같이 왔어. 집 근처. 곧 집으로 갈 거야."

거짓말이 술술 나왔다. 할머니와 같이 섬 여행을 하게 되었다고 말하기가 싫었다.

"나 괜찮다고. 걱정하지 말고 잘 놀다 와. 뭐? 선물? 필요 없어. 아빠 나 진짜 지금 끊어야 해. 끊을게."

나는 전화를 바지 주머니에 쑤셔 넣고 작은 한숨을 쉬었다.

"아빠랑 친구처럼 편안해 보이네요."

아빠가 친구? 그거 전혀 아닌데. 나는 무슨 말을 해야 할지 몰라 대답하지 않았다.

"할머니 모시고 여행도 하고, 착한 손녀예요. 보기 좋아요."

이분은 참 오해를 잘하시는 분인가 보다. 갑자기 오기가 생겼다.

"저요. 착한 손녀, 친구 같은 딸 그런 거 전혀 아닌데요."

"그래요? 하하."

왜 웃으시는 거지? 나는 별로 할 말이 없는데 자꾸 말을 거시니 대답을 안 할 수도 없고, 이상하게 이 선생님과 자꾸 말을 하게 되는 중이었다. 할머니는 왜 이렇게 안 오시는 거야 대체.

"그리고 저한테 존댓말 하시는 거 이상해요. 저는 서주랑 동갑인데요."

"아, 신경 쓰지 말아요. 내 제자도 아닌데 함부로 말 놓기가 그래서."

나는 그분을 다시 쳐다보았다. 전에 누군가 내게 똑같은 말을 한 적이 있다.

'아직 친한 사이도 아닌데 함부로 말 놓기가 그래서.'

"아줌마도 처음엔 그랬는데."

나는 나도 모르게 아줌마 얘길 꺼내놓고는 내가 더 깜짝 놀라 입을 막았다. 할아버지 선생님이 나를 보았다. 가까이서 보니 선생님의 눈이 참 맑다. 보통 할아버지 할머니들의 눈자위는 누르스름한 색에 핏발이 서 있게 마련인데, 눈이 참 투명하다고 나는 생각했다.

아줌마는 정말로 그랬었다. 아빠가 자연스럽게 나와 만나게 한다면서 아줌마를 소개하고 몇 번의 어색한 만남을 가진 후, 그리고 마침내 결혼을 하겠다고 할 때까지도 아줌마는 내게 반말 대신 말을 높였다. 언젠가 식당에서 밥을 먹다가 아빠가 화장실에 갔을 때, 물었었다.

"왜 계속 존댓말을 해요?"

"아직 친한 사이도 아닌데 함부로 말 놓기가 그래서요."

나랑 친해지려고 특별한 노력을 하지도 않고, 부담스럽게 다가오지도 않는 아줌마가 괜찮았었다. 아줌마는 이제 내게 반말을 한다. 이제 우리는 친해진 걸까. 아줌마는 이제쯤이면 나와 친해졌다고 생각하는 걸까.

할아버지 선생님의 투명한 눈 때문이었는지, 갑자기 튀어나온 아줌마에 대한 잊고 있던 기억 때문이었는지, 아무튼 나는 시키지도 않은 수다를 떨기 시작했다.

"아줌마는…… 새엄마예요. 저희 엄만 돌아가셨거든요. 그런데 아줌마가 절 만났을 때도 처음에 저한테 존댓말을 해서 제가 속으로 좀 웃기다고 생각했었어요."

선생님은 고개를 끄덕이며 피식 웃었다.

"어릴 때 나도 어른들이 하는 걸 보며 속으로 웃기다고 생각한 적이 많았어요. 반항도 많이 했죠. 그런데 막상 어른이 되어 이만큼 살고 보니, 알겠어요. 어른들도 노력하고 있다는 걸요. 어른들도 아이들을 이해하기 위해 많이 애를 쓴다는 거. 다만 살아온 시간들이 달라서 언어가 좀 다를 뿐이죠. 어른들을 너무 미워하지 말아요."

할아버지 선생님은 천천히 그 말들을 다 하더니 내게 눈인사를 하고는 다른 그림들을 보러 자리를 뜨셨다. 나는 잠깐 동안 멍해졌다. 살아온 시간들이 달라서 언어가 다르다. 알 듯 모를 듯한 말이었다. 어른들을 너무 미워하지 말아요.

그 마지막 말이 내 심장으로 묵직하게 들어와 앉았다. 내 깊은 곳에 숨겨둔 비밀을 들킨 것처럼 조금 부끄럽기도 했다.

6. 열아홉의 할머니

할아버지 선생님과 헤어져서 그림을 더 구경했다. 서주란 아이는 어디로 간 건지 더 이상 보이지를 않았다. 밖으로 나와 보니 할머니가 회관 앞에서 서성이고 있었다. 할머니의 표정이 좋지 않았다.

"왜 그러세요?"

"그림은 다 봤니?"

"네. 근데 그분은요?"

할머니는 샐쭉해져서 말했다.

"아 글쎄, 음료수 사러 간다고 해놓고선 없어졌지 뭐냐. 남은 기껏 자기 제자 생각해서 따라와 줬더니만."

"이상하다. 방금까지 저랑 그림 보셨는데."

"너랑?"

할머니는 딱 붙는 검은 원피스가 더운지 연신 부채질을

하고 계신다.

비가 오는데도 바닷가의 작은 도시는 누군가가 뜨거운 입김을 내뿜기나 한 듯 무더운 기운이 가시질 않고 있었다. 나는 매점에 가서 할머니와 먹을 아이스크림 두 개를 샀다.

검은 베일을 얼굴에 내린 채 아이스크림을 먹는 할머니 모습이 우스워서 사진도 찍었다. 나중에 그려보면 재밌을 것 같다. 그나저나 참 이상한 할아버지 선생님이네. 우리 할머니 마음만 흔들어놓고 어디로 사라지신 거야? 한참을 기다려도 모습을 나타내지 않는 선생님을 두고 할머니는 연신 이상한 노인네라며 택시를 타고 다시 선착장으로 향했다. 혹시나 해서 들어간 선착장 창구에는 여전히 '우천으로 결항'이라는 팻말이 붙어 있었다. 아무래도 오늘 배를 타긴 틀린 모양이다.

할머니와 나는 근처 식당으로 들어갔다. 할머니는 속이 좋지 않다며 죽을 시키셨다. 나는 미역국. 죽과 함께 소주가 나왔다. 죽에다 술을 먹는 사람도 다 있나? 할머니 표정이 기차 안에서처럼 다시 가라앉아 있었다. 나는 미역국을 떠먹으며 생각했다.

'언제 말해야 하지? 기분이 좋으셔야 가르쳐달라고 떼라

도 써볼 텐데…….'

할머니는 죽 한 번 떠 드시고 소주 한 잔 마시고를 천천히 반복하고 있었다.

"푹푹 좀 먹어라! 그 키에 그렇게 먹어서 연필이나 잡겠니?"

"할머니도 엄청 깨작거리고 계시거든요."

할머니의 잔소리가 반가워서 나는 이때다 싶었다.

"저기 있잖아요. 저 그거 언제 가르쳐주실 거예요? 영혼요."

"내가 아까 어디까지 얘기했지?"

나는 무슨 말인가 하고 할머니를 보았다.

"아까 얘기하던 거 말이다."

"아……. 공장 그거요?"

할머니는 소주잔에 남은 술을 들이키더니 다시 이야기를 시작하셨다. 내 말에 딴청을 피우는 할머니가 밉진 않았다. 할머니의 이야기는 꽤 흥미로웠기 때문이다.

할머니가 첫사랑을 만난 건 공장을 다닌 지도 2년이 다 되어가는 열아홉 살 때였다. 같은 작업방에서 일하던 언니가 할머니에게 공부를 해보자고 했던 거다. 된장국 끓이다 말고 주저앉아 울 정도로 하고 싶던 공부였으니 할머니는 당장에 같이 하자고 하셨다. 낮에는 공장 일을 해야 하니까 밤에 모여서 하는 공부. 밤에 공부한다고 해서 '야학'이라고 했다.

중학교를 간신히 졸업한 할머니에게 다시 책이 생기고, 뭔가를 배운다는 것은 할머니를 신나게 했다. 공부방을 나간 이후로 할머니는 낮에 일하는 것도 그리 힘들지 않았다고 한다. 그 야학에서 할머니를 가르쳐준 선생님은 할머니보다 세 살이 많은 대학생이었다.

"그이가 바로 내가 만나러 온 사람이다."

오, 그러니까 할머니의 첫사랑은 할머니에게 밤마다 공부를 가르쳐주던 과외 선생님 비슷한 대학생이었던 거다. 이야기가 점점 재미있어지고 있었다. 열아홉 살 소녀가 대학생을 좋아하다니, 역시 조숙하셨던 할머니.

"그 사람은 우리에게 공부를 가르치는 것 말고도 많은 이야기를 해주었어. 그중에서도 우리가 공장에서 견디고 있는 많은 것들이 사실은 법에 어긋나는 것이라는 걸 알게 해주었지."

말도 안 되게 많은 일을 시키며 화장실 가는 시간까지 감시했다는 건, 내가 생각해도 엄연한 불법인 듯했다. 그래서 그때 공장에서 일하는 할머니와 할머니의 친구들은 힘을 합쳐 모임을 만들기로 했다고 한다. 공장 사장이 직원들에게 부당하게 일을 시키는 것에 대하여 자신들의 목소리를 내고, 일하는 환경을 개선하기 위해 사장과 협상을 하는 등의 일을 하는 모임을 만들자는 그런 취지였다. 열아홉의 할머니는 당연히 뜻을 같이했다. 그런데 회사에서는 모임을 만들지 말라고 했다. 월급을 조금 주고 많은 일을 시켜야 하는데 직원들이 뭉치면 골치 아픈 일이 많아져서였다.

회사에서는 모임에 함께하려는 사람을 괴롭히고, 주도하는 사람에게 일을 주지 않고, 공장에서 쫓겨날 것이라는 협박도 서슴지 않았다.

할머니는 무서웠다. 어찌 되었든 돈은 벌어야 했기 때문이다. 당장 공장에서 쫓겨나면 다른 공장에 갈 수도 없었다. 그렇게 쫓겨난 직원은 다른 공장에서도 받아주지 않는다는 소문이 돌았다. 할머니는 고민, 고민하다가 결국 모임에서 나왔다. 그러고는 그 좋아하던 야학에도 나가지 않기로 결정했다. 왜냐하면 할머니는 자신의 결정이 부끄러웠기 때문이다.

옳은 일인 줄 알면서도, 옳지 않은 일을 하는 사장이 주는 월급을 받아야 한다는 이유로 함께해야 할 일을 외면한 자신이 너무나 창피했다. 그 며칠 할머니는 호되게 몸살을 앓고 아팠단다. 그런데 그 대학생, 할머니의 첫사랑이 집으로 찾아왔다. 약을 사들고 말이다.

"옥선아, 다시 야학에 와라. 네가 없으니까 공부방이 영 이상해."

첫사랑은 할머니에게 다 괜찮다고 말해주었다. 할머니 잘못은 하나도 없는 거라고. 나도 맞는 말이라고 맞장구를 쳤다. 대체 할머니 잘못이 뭐란 말이야? 왜 할머니가 부끄러워해야 하냔 말이다. 불법으로 일을 시켰으면, 일한 만큼 월급이나 팍팍 올려주던가. 그것도 제대로 안 해주면서 자기 목소리를 내겠다는 직원들의 입까지 막아버리다니.

앞뒤가 안 맞아도 이렇게 안 맞을 수가 없다. 부끄러워해야 할 사람들은 그들이었다. 공장에서 버는 돈이 없으면 살 수가 없는 사람들의 월급을 쥐고 그런 협박을 할 수 있는 사람들은 대체 양심이라는 게 있는 건지. 그날 할머니의 첫사랑은 눈물을 흘리는 할머니에게 어깨를 빌려주었다.

"나는 그 어깨에 기대서 한참을 울었어. 내가 하고 싶은 거 마음대로 못하는 서러움에, 같이 일하는 사람들을 배신한 것 같은 미안함에 마음이 아주 엉망이었거든. 그냥 고향으로 내려가서 엄마가 담근 김치에 엄마 밥 먹으면서 쉬고 싶은 생각밖에 안 나지 뭐냐. 그런데 그렇게 울고, 그 사람한테 위로를 받고 나니 마음이 조금 편안해졌다. 그런데 이상한 거야. 그러고 방에 돌아와 앉아 있는데 심장이 마구 뛰는 거라. 한 번도 그런 적이 없는데 자꾸 가슴이 뛰어서 나는 그때 그게 감기 몸살로 열이 나서인 줄만 알았지. 그런데 그게 아니었다. 그 사람이, 그 사람이 말이다. 좋아진 거였어. 그래서 내가 어떻게 했게? 양심이고 뭐고, 철판 깔고 야학에 더 열심히 나갔다. 왜냐하면, 그 사람을 봐야 하니까. 보고 싶으니까."

7. 위경련

"알려주세요."

할머니는 내가 무슨 이야기를 하는지 전혀 모르는 사람처럼 나를 보았다. 할머니는 작은 노트북으로 회사 직원들이 보낸 메일에 답을 하는 중이셨다.

"영혼하고 만나는 방법이요. 할머니랑 같이 다녀드리고, 밥도 같이 먹어드리고, 할머니 옛날이야기까지 다 들어드리고. 이런 손녀가 어디 있어요? 그것도 친손녀도 아니고 조카 손녀가. 이 정도 했으면 알려주셔야죠."

우리는 선착장 근처의 작은 호텔방에 들어왔다. 여기서 자고 내일 아침 일찍 배를 탈 계획이었다. 변덕쟁이 할머니가 내일 돌아가신 첫사랑을 만나러 갔다가 어떤 마음으로 변하실지 모르므로 오늘 밤에 꼭 알아내야 했다. 그런데 할머니는 내 말을 들은 건지 아닌 건지 일만 하신다.

"할머니, 안 들리세요?"

"넌 안 돼."

할머니는 나를 흘끗 보더니 한 번의 고민도 없이 단칼에 말씀하셨다. 나는 어안이 벙벙했다.

"왜요?"

"그냥 그렇게 알아라. 아무나 할 수 있는 게 아냐."

오늘 하루가 머릿속으로 스쳐 지나갔다. 내가 뭣 때문에 이 생고생을 하고 있는데.

"가르쳐주시기로 했잖아요."

"난 그런 적 없다."

할머니는 계속해서 노트북을 보며 성의 없이 대꾸했다. 나는 할머니를 노려보았다. 제대로 대꾸도 해주지 않는 성의 없음이 섭섭했다.

"그럼 우리 엄마 영혼 좀 불러주세요. 할머니는 볼 수 있다면서요."

"시끄럽다. 일하는 거 안 보이니?"

"엄마 꼭 만나야 돼요."

"그건 네 사정이지."

나는 솟구쳐 오르는 짜증을 꾹꾹 눌러가며 다시 말했다.

"…… 도와주세요."

하지만 할머니는 내 말은 무시한 채 누군가에게 급히 전화를 걸어 갑자기 고함을 치셨다.

"이거 아직도 해결 안 된 거야? 그리고 왜 우리 시안이 그쪽이랑 연결이 된 거야. 뭐? 정신머리를 어디다 놓고 일들 하는 거야! 그렇게 일하고 월급 받아가겠다고 꼬박꼬박 아침 되면 출근들 하는 거냐? 당장 그만둬!"

할머니는 침대에 아무렇게나 전화를 던져버렸다.

"아무짝에 쓸모없는 것들!"

할머니는 씩씩거리시며 노트북의 디자인들을 마저 보고 있었다. 참, 할 말이 없다. 아무리 직원이라도 그렇지, 일 좀 못했다고 당장 그만두라느니, 월급을 받아간다느니, 할머니야말로 시다 시절에 그 공장 사장들하게 다를 게 없어 보인다.

대체 날 여기까지 따라오게 한 이유가 뭘까. 심심한 참에 자기 첫사랑 얘기 들어줄 상대가 필요했던 건가?

"거짓말. 할머니 그거 다 거짓말이죠? 영혼이고 귀신이고 그딴 거, 나 가지고 논 거죠?"

할머니는 그제야 나를 제대로 쳐다보았다. 네가 거기 있었냐는 눈빛이었다.

"네가 어떻게 생각하던 내 알 바 아닌데, 그건 내 마음대로 되는 게 아니야. 그리고 가르쳐줄 수 있는 것도 아니고. 내가 원한다고 영혼이 나에게 찾아오는 것도 아니다. 네가 엄마 보고 싶은 마음은 이해한다만 떼를 쓴다고 해결될 문제니?"

"그럼 아까 아침에 말씀하셨어야죠! 아니면 내가 여기까지 왜 따라와요?"

진심이다. 그게 아니었으면 내가 여기까지 따라와서 이러고 다닐 이유가 없다.

"얘가 또 왜 이렇게 소리는 질러? 누가 쫓아오라든? 너 혼자 따라온 거 아니니. 싫으면 가거라. 나도 혹 달고 다니는 게 여간 귀찮지 않으니."

"그게 말이 된다고 생각하세요 지금?"

나는 할머니를 노려보았다.

"저, 저, 눈빛 봐라. 저렇게 독하니 제 엄마 죽어서도 눈물 한 방울 안 흘렸지."

하! 갑자기 심장이 쿵쾅거리기 시작했다. 눈앞이 캄캄해지는 것 같기도 했다. 아무리 고모할머니라도 그렇지. 그래도 남보다 가까운 친척이라면서 어떻게 저런 말을 저렇게 아무렇지 않게 할 수가 있지? 나도 모르게 목소리가 떨리고 있었다.

"할머니가 뭘 알아요?"

"다 안다."

울면 안 되는데, 울면 지는 건데. 눈에 눈물이 차오르려고 했다. 독하다는 말은 내가 자주 듣는 말이자, 가장 싫어하는 말이다. 왜 사람에게 독하다는 말을 쓰는 걸까. 내 마음에 독이 들어 있기라도 하다는 건가? 내가 왜? 내가 뭘 어쨌는데?

"할머니가 얼마나 웃긴 줄 아세요? 아니, 그렇게 영혼이랑 잘 통하면 할머니 그 첫사랑이랑은 왜 못 만나는데요? 벌써 돌아가신 지 며칠 되었다면서요. 그럼 이렇게 찾아갈 것도 없이 그 첫사랑 영혼을 집으로 불러서 만나면 될 거 아니냐고요! 아니, 첫사랑이 있기는 있는 거예요? 지금까지 말한 거 다 뻥 아니에요?"

할머니의 얼굴색이 변하고 있었다.

"함부로 말하지 마라."

"아, 맞다. 할머니 혼자서 한 짝사랑이라서인가? 하긴, 할머니 같은 여자를 누가 좋아하겠어요? 저보고 독하다고요? 기가 막혀. 할머니는요? 얼굴은 쭈글쭈글해 가지고 스카프로 목만 가리면 다예요? 아니, 할머니가 등 이따 만하게 파진 원피스가 말이나 돼요? 모자에 달린 얼굴 가리는 베일은 또 뭐람? 할머니가 무슨 서양 귀족이라도 되는 줄 아나 봐요? 사람들이 쳐다보는 거 안 느껴져요? 그거 할머니 이뻐서 보는 거 아니거든요!"

말하다 보니 청산유수였다. 내 목소리는 어느새 고래고래 소리를 지르듯 커지고 있었다. 할머니는 이제 참을 수 없다는 듯 나를 노려보고 있었다.

"다 했니?"

"아뇨! 더 있어요. 할머니야말로 독하고 이상 괴상한 성격에 예의라고는 눈곱만큼도 없는 마녀 같아요. 알아요? 할머니는 진짜……, 진짜……."

뭐라고 해야 내 마음이 풀릴까.

"왕재수! 재수똥이에요!"

잠시의 침묵이 흘렀다. 재수똥이라니. 초딩 같은 말을 뱉어버린 상황이 수습이 안 된 채였지만 진심이었다.

"하하하, 하하! 호호호호!"

갑자기 할머니가 웃기 시작했다.

"뭐? 재수 뭐? 다시 한번 말해봐라. 엉? 호호호."

더 이상 참을 수가 없었다. 나를 이렇게 모욕하다니. 사장이면 단가? 디자이너면 다야? 나는 그대로 방을 나와 버렸다. 엘리베이터를 타고 로비로 내려와 문밖으로 나갔다. 여전히 비가 내리고 있었다. 우산도 없이 빗속으로 뛰어들 수도 없고, 어쩐다? 나는 그곳에 어중간하게 서 있다가 그냥 쪼그리고 앉아버렸다.

"배신자."

예정에도 없던 눈물이 흘러나왔다. 내가 왜 우는 걸까. 엄마를 만나야 하는데 실패하게 생겼으니 그게 아쉬워서일까, 오늘 하루 허탕 친 게 억울해서일까. 아니다. 그거 다 아니다. 나는 안다. 할머니의 그 말이 목에 걸렸다.

엄마가 돌아가셔도 울지 않은 아이. 바로 나, 박설.

그 뒤로 나를 아는 사람들은 나를 보고 독하다고 했다. 하지만 난 일부러 울지 않은 것이 아니었다. 정말로 눈물이 나오지 않았다.

엄마가 교통사고로 돌아가시고, 엄마의 마지막 보습을 아빠는 내게 보여주지 않았다. 그러니 엄마는 어느 날 갑자기 통째로 내 앞에서 사라진 것이다. 그래서 그때 나는 엄마의 죽음을 실감할 수 없었다. 그냥, 이제는 엄마를 볼 수 없다는 것. 그것이 때때로 가슴 한편에 차가운 바람이 부는 것처럼 시린 느낌이 들긴 했지만 그게 다였다. 엄마 생각을 하지 않으려고 노력했고, 그러면 그냥저냥 견딜 만했다.

그게 내가 못된 아이이고, 독한 아이이고, 그래서 손가락질 받아야 하는 이유일까? 고모할머니가 그 이야기를 그렇게 대놓고 해버리자 나는 갑자기 눈물이 차올랐었다.

왜 갑자기 눈물이 흐르는 걸까. 내 마음을 나도 모르겠다. 그때, 띵동. 전화 알림음이 울렸다. 핸드폰을 열어보니 아줌마가 보낸 메시지였다. 여행지에서 찍은 사진을 보내왔다.

설아, 같이 왔으면 정말 좋았을 걸…. ㅠㅠ

나는 나도 모르게 메시지를 확 닫아버리고 호주머니에 넣었다. 거짓말. 둘이만 가서 더 좋으면서. 못난 생각이 머릿속을 가득 채웠다. 그러다 핸드폰을 다시 꺼내 꾹꾹 눌렀다.

제 걱정 말고 재밌게 놀다 오세요.

갑자기 서주, 그 아이 생각이 났다. 서주의 그림도 머릿속에 그려졌다. 전화번호라도 알아올걸. 왠지 내 이야기를 잘 들어줄 것 같은 아이였는데. 나는 사실, 친구가 별로 없다. 초등학교 5학년 때 엄마가 돌아가시고 이사를 하면서 지금 사는 동네의 학교로 전학을 왔고, 그 동네에서 지금의 중학교로 진학했다. 내가 친구 관계를 힘들어하게 된 건 아마 그즈음부터였지 싶다.

이상하게 무리에 잘 섞이지를 못했다. 그래도 나는 새 학년이 될 때마다 친하게 지내는 무리를 만들거나, 그 속에 끼고 싶어서 안간힘을 쓰곤 했었다. 하지만 전학 오고 나서는 딱히 그러지 않았다. 그냥 혼자 지내는 것도 나쁘지 않다는 것을 알게 되었다. 그렇다고 왕따까지는 아니지만 그냥 특별히 친하게 지내는 친구 없이 두루두루 말은 하고 지냈다. 그러다가 세연이를 알게 되었다.

세연이는 인기가 많은 아이였다. 어딜 가나 주목받았다. 잘하는 것도 많고, 얼굴도 예쁘고, 키도 나처럼 대책 없이 크지 않다. 크지도 작지도 않은 키에 날씬한 몸매, 그리고 귀여운 얼굴. 그런 친구가 내게 다가와 나와 친해졌다. 내 마음을 여는 데 오랜 시간이 걸리지 않았다. 세연이는 주변에 친구가 많았지만 어쩐지 공허했다고 한다. 그런데 나는 좀 다르다나.

우리는 속엣말까지 하는 그런 사이가 되었다. 전학 오고 나서 내게 새엄마가 있다는 사실, 그리고 지금의 아줌마가 친엄마가 아니라는 사실을 아이들에게 숨겼었는데, 세연이에게만큼은 털어놓았다. 아빠랑 싸우고 무지 속이 상했던 어느 날 밤에 세연이에게 내 이야기를 모두 해버렸다. 그 후로 나는 세연이에게 더욱 의지했던 것 같다. 믿어도 될 친구라고, 나는 이제 학교에서 더 이상 혼자가 아니라고 생각했다. 하지만 역시 나는 또 뒤통수를 맞았나 보다. 남자애 하나 때문에 이렇게 금이 갈 사이였다면 내 마음을 다 터놓지는 말걸.

서주 그 아이 생각이 왜 나는지 모르겠다. 매일 보는 반 친구들한테 느끼지 못하는 '친해지고 싶다'는 마음을, 스치듯 잠깐 본 남자아이한테 느끼다니 인생은 알 수 없다는 어른들 말이 이럴 땐 딱 들어맞는다.

숙소 앞 거리에 낮에는 보이지 않던 네온사인들이 깜빡거리고 있었다. 선착장에서 가까운 시내에 자리 잡은 숙소라서였다. 바닷가 마을엔 등대가 보이고 파도치는 소리가 들려야 할 것 같은데, 도시에서 보던 것처럼 네온사인이 반짝반짝하는 것이 갑자기 생뚱맞게 느껴졌다. 엄마를 잃은 아이는 당연히 울고 또 울어야 하는데, 눈물을 흘리지 않는 내가 이상하게 느껴졌던 것도 그와 비슷한 생뚱맞음일지도 모르겠다.

다 큰 손녀가 밤에 낯선 곳에서 혼자 나갔는데 이 할머니는 찾으러 나오지도 않는다. 이러지도 저러지도 못하고 시간을 보내다가 나는 한참 만에야 하는 수 없이 다시 방으로 올라갔다. 자존심이 상했지만 별수 없었다.

그런데 방에 돌아와 보니 할머니가 보이질 않았다. 화장실 문을 열어봤지만 거기도 안 계시고. 날 찾으려 나가셨나? 그럼 로비에서 마주쳤어야 하는데? 그러다 할머니가 침대 옆에 있다는 걸 알았다. 할머니는 침대 옆에 쭈그리고 엎드려 있었다.

"뭐 하세요?"

가까이 가보니 할머니는 몸을 웅크린 채로 이마에 식은 땀이 맺혀 있었다. 끙끙거리는 신음 소리를 들으니 어딘가 엄청 아프신 모양이었다. 더럭 겁이 났다.

"왜 이래요. 네?"

할머니는 너무 아픈지 크게 소리도 못 지르고 손을 벌벌 떨며 가슴을 쥐어뜯고 있었다.

"가슴이 아파요? 아, 왜 이러시냐고요!"

나는 무서운 마음에 짜증을 내버렸다. 그러고는 침착해지려고 숨을 크게 쉬고 얼른 전화기를 꺼냈다.

"기다리세요. 119 부를게요."

그러자 할머니가 갑자기 전화기를 쥐고 있는 내 손을 잡았다. 하지 말라는 것 같았다.

"위경련이야. 가라앉을 거다."

할머니는 간신히 말하고 또다시 가슴을 움켜쥐셨다. 나도 할머니 옆에 주저앉았다. 그때였다. 갑자기 내 몸이 떨리기 시작했다. 갑자기 해일 같은 파도가 나를 향해 몰려오는 것 같은 두려움이 닥쳤다.

그대로 앉아 있을 수가 없어 할머니가 보이지 않는 침대의 다른 편으로 가서 쭈그리고 앉았다. 할머니의 신음 소리가 무서워서 귀도 막아버렸다. 누군가가 이토록 아파하는 것을 가까이서 지켜본 적이 없다.

갑자기 다시 엄마 생각이 났다. 엄마, 엄마도 사고가 났을 때 이렇게 아팠을까? 내가 그 장면을 보았다면, 죽은 엄마의 모습을 보았다면 나는 어쩌면 엄마를 보낸 아픔으로 눈물을 펑펑 흘렸을까?

1초, 1분이 한 시간은 되는 것 같았다. 어서 할머니의 아픔이 끝나기만을 바랄 수밖에.

얼마나 지났을까. 할머니가 화장실에 들어가는 소리가 들렸다. 나는 벌떡 일어나 화장실 앞으로 다가갔다. 세면대의 물 흐르는 소리가 화장실 문 너머에서 들려왔다. 할머니에게 괜찮냐고 물어보지도 못하고 문 앞에서 종종거렸다. 한참만에야 할머니가 나오셨다. 너무 가까이 붙어 있던 바람에 열린 문에 내 몸이 부딪혔다.

"깜짝이야, 왜 그러고 있어!"

할머니 목소리를 보니 이제 괜찮아지신 모양이다. 하지만 할머니의 얼굴은 하얀 도화지처럼 창백했다.

"괜찮으세요?"

"아프면 먹는 약이 있는데 그걸 놓고 왔더니. 어휴, 죽다 살아났다."

"자주 이런 거예요?"

"아깐 어디까지 갔다 온 거니? 하여간에 성질하고는."

할머니가 타박했지만, 기가 죽은 것 같은 할머니 모습에 어딘지 모르게 마음이 짠했다.

"빨리 주무세요. 얼굴이 하얘요."

괜히 내가 대들고 소리를 질러서 할머니가 아프신 게 아닐까 하는 죄송한 마음이 들어 할머니 얼굴도 똑바로 못 쳐다보았다. 나는 그대로 침대로 들어가 이불을 덮었다. 할머니가 불을 끄고 누우셨다.

내일 아침에 약국 문을 열자마자 약을 사야겠다. 위경련은 어떤 병일까. 나는 머리끝까지 이불을 뒤집어쓰고 핸드폰을 열었다. 검색창에 '위경련'을 쓰고 검색을 해보았다.

위경련이란, 여러 가지 원인에 의해 위장의 운동이 비정상적으로 증가하면서 과도한 수축을 일으켜 명치끝 부위에 심한 아픔이 생기는 것을 말하는데, 일반인들은 이 증상을 '가슴앓이'라고 부르기도 한다.

'가슴앓이'라는 말이 눈에 들어왔다. 위가 요동치며 명치끝이 아픈 걸 가슴앓이라고 불렀다니, 가슴이 아픈 이유는 여러 가지가 있을 텐데 왜 하필 위가 아픈 것을 가슴앓이라고 했을까.

명치끝을 쥐어 비트는 통증이라고 되어 있는 것을 보니 할머니의 창백한 얼굴이 이해가 되었다. 나는 슬쩍 얼굴에서 이불을 내리고 배가 뜨는 이른 아침에 약국이 문을 열까 고민했다. 잠이 오지 않았다. 할머니도 잠을 못 주무시고 뒤척뒤척하신다.

"아까는 오랜만에 크게 웃었구나. 재수똥이라니. 나한테 그렇게 말하는 사람은 네가 처음이다."

그러면서 할머니는 또 낄낄대신다. '할머니가 무서워서 얘길 못하는 거지 그렇게 생각하는 사람 많을걸요?'라고 대꾸하려다가 나는 속으로 꾹 눌러버렸다.

"소리친 건 죄송해요. 아까는…… 너무 화가 났었어요."

"욱하는 성질은 네 아빠를 닮았나 보다. 느이 할아버지는 얼마나 신사였는데. 얌전한 남자였지 아주. 할아버지를 닮지 그랬니 왜."

"할머니도 만만치 않으세요. 그 욱이요."

할머니는 다시 웃으셨다.

"그렇지? 그렇지만 나도 옛날엔 얌전하고 수줍음 많은 처녀였다. 안 믿기지? 세상을 살아내다 보니 성격도 변하더라."

"근데 할머니는 왜 결혼 안 하셨어요? 그 첫사랑 때문에요? 못 잊어서요?"

나는 어쩌면 첫사랑을 그리다가 평생 결혼도 않고 혼자 사신 할머니의 로맨스를 기대하고 있었는지도 모르겠다.

"글쎄다……. 설마 그렇기야 하겠니. 어쩌다 보니 그렇게 되었어. 너도 더 크면 알게 된다. 어쩌다 보니 그렇게 되는 것, 어어? 하고 잠깐 뒤돌아보니 어느새 그렇게 되어 있는 것. 그런 일이 부지기수지."

어쩌다 보니 그렇게 되는 것. 더 크지 않아도 벌써 이해할 수 있을 것 같은 이 느낌은 뭘까.

"왜 그렇게 만나고 싶은 거니?"

할머니가 어둠 속에서 날 쳐다보시는 게 느껴졌다. 나도 할머니를 바라보았다.

"뭘요."

"네 엄마 말이다."

왠지 할머니에게 정직하게 말해야 할 것 같았다.

"물어볼 게 있어요, 엄마한테."

"뭘 말이니."

"스케치북이요. 내 스케치북 어디다 두었냐고요."

할머니가 천천히 고개를 돌려 다시 천장을 바라보신다. 스케치북이라니. 내가 생각해도 좀 뜬금없긴 하다.

8. 스케치북

엄마는 4학년 봄 즈음 나를 입시 미술 학원에 등록시켰다. 유명한 예술중학교를 많이 보낸다는 학원이었다. 차로 1시간 가까이 걸리는 집에서 먼 학원에 다니기 시작했고, 엄마가 데려다주고 데리러 오고를 반복했다. 일주일에 삼 일씩이나 말이다.

그곳은 전에 다니던 학원보다 훨씬 더 힘든 곳이었다. 한 번 가면 네 시간 내리 그림을 그려야 했는데, 지겨운 소묘와 수채화의 반복, 반복에 시간까지 정해놓고 그 시간 안에 그려내라고 했다.

엄마랑 완전히 사이가 나빠지기 시작한 것이 그즈음이었다. 엄마는 내가 그리고 싶은 그림을 그리려면 예술중학교, 예술고등학교를 거쳐 명문대를 졸업해야 한다면서 학원에 다니면 큰 도움이 될 것이라고 했다. 미술 학원만 다녀야 하는 게 아니라 영어며 수학을 상위 학년 것까지 미리 공부하느라 너무나 바빴다. 그러니 정작 내가 좋아하는 그림을 그릴 시간은 전혀 나질 않았다. 숨이 막혀 미쳐버릴 것 같아, 엄마에게 입시 미술 학원에 다니지 않겠다고 선언했다.

"그렇게 다니고 싶으면 엄마나 다녀. 나 예술중학교 안 갈 거야. 어떻게 나보고 하루 종일 뭔가를 하라고 해 엄마는? …… 아 글쎄 싫다니까? 그건 엄마 생각이지. 나는 엄마가 아니란 말이야!"

엄마와 그런 다툼이 수도 없이 지나갔다. 그즈음 내 스케치북이 없어졌다. 내가 그린 영웅과 전사의 스케치들과 이런저런 상상화가 잔뜩 그려져 있을 뿐 아니라, 그림을 그릴 때 참고하려고 각종 역사책과 인터넷에서 찾은 이미지들을 복사하고 출력해서 정성으로 잘라 스크랩해놓은, 말하자면 내 보물 상자 같은 것이었다. 엄마가 숨긴 것이 분명했다.

"내 스케치북 어디 갔어? 빨리 줘. 내놓으라고! …… 거짓말. 엄마가 숨긴 거 다 알아! 엄마 정말 싫어! 짜증 나!"

그날부터 엄마와 나는 말을 하지 않았다. 엄마가 뭘 물어도 대답하지 않고, 눈도 맞추지 않았다. 미술 학원 가는 시간을 비껴가려고 일부러 친구들이랑 놀다가 늦게 집에 들어갔다. 그때 나는 정말 화가 났었다. 화가 난 내가 할 수 있는 방법이 그것들뿐이라 그렇게 한 것이었다. 그래, 솔직히 엄마를 속상하게 만들고 싶기도 했다. 그냥 그게 다였다.

그런데.

엄마랑 말을 하지 않고 삼 일이 지난 후 엄마는 외출을 했다가 사고를 당했다. 엄마는 내 앞에서 그렇게 사라졌다.

다음 날은 거짓말처럼 날이 갰다. 어제 만난 할아버지 선생님의 말이 맞았다. 쨍하게 내리쬐는 햇빛이 우울했던 내 마음까지 환하게 밝혀주는 것 같았다. 할머니와 나는 아침 일찍 배에 탔다.

어젯밤 잠들기 전 나는 생각했다. 어차피 엄마를 만날 수 없다면 그냥 여기서 버스 타고 서울로 가버릴까. 할머니한테 버스를 태워달라고 해서 서울 터미널까지만 가면 집에 찾아갈 수 있었다.

결론을 내지 못하고 잠이 들었는데 아침에 일어나서 마음을 정했다. 그냥 할머니랑 같이 다니기로. 할머니를 버려두고 갈 수가 없었다. 내가 없는 사이에 다시 위경련이라도 찾아오면 큰일이다. 할머니 성격에 돌아가신 첫사랑을 만나고 오면 어디로 튈지 모르시는 분이므로 나는 할머니를 무사히 서울까지 모시고 가야 한다는 어떤 사명감 같은 것을 느끼기까지 했다.

내가 배에 오르면서 이 이야기를 할머니한테 했더니 할머니는 주위 사람들이 다 쳐다볼 정도로 크게 웃었다.

"네가 날 책임진다는 거니? 호호호. 그래 고맙구나. 제발 날 버리고 그냥 가지 마라. 응? 호호호."

첫, 웃으시거나 말거나. 그런데 할머니와 같이 다니기로 한 또 한 가지 이유가 있다. 할머니의 이야기다. 할머니와 할머니 첫사랑의 이야기가 내가 사는 세계와 전혀 다른 세계의 이야기 같으면서도 흥미진진했다.

할머니와 첫사랑은 왜 이루어지지 못했을까. 나는 배에 타자마자 할머니를 졸랐다.

"그래서 언제 고백했는데요. 좋아한다고 언제 말했어요?"

할머니는 피식 웃었다.

"고백? 그런 걸 어떻게 해?"

"왜 못 해요? 부끄러워서요? 에이, 할머니는 안 그러실 거 같은데."

"부끄러워서가 아니라, 그때 우리는 그랬어. 좋아해도 좋아한다는 말을 못 했지. 아니, 좋아한다는 마음을 갖는 것 자체가 죄였어."

엥? 좋아하면 좋아하는 거지, 내가 좋아하는 마음을 갖는 게 누구한테 피해를 주는 것도 아닌데 왜 죄가 된다는 거지?

"그땐 너무, 뭐라고 해야 하나……. 그래, 너희들 말로 살벌했던 때니까. 우리는 우리를 둘러싼 상황이 너무 크고 무거워서 여자와 남자가 좋아하는 마음 따위는 신경 쓸 겨를이 없었거든."

할머니가 야학에 다닐 무렵, 나라에서는 밤에 공부하기 위해 모이는 것도 법으로 금지했다. 그것을 어기고 모였다가는 잡혀가 조사를 받고 심한 경우 고문을 받기도 했다. 그래서 밤공부를 하는 사람들은 점점 더 어두운 곳으로 숨어들어 갈 수밖에 없었다.

할머니네 야학에서 가장 위험한 사람은 할머니의 첫사랑이었다. 그분은 대학에서도 매일같이 민주화를 외치며 시위를 일삼고 나라가 잘못하고 있다고 비판했다. 더구나 하지 말라는 밤공부 모임까지 만들어 숨어서 하고 있으니 형사들에게 잡히면 고문을 당하고 감옥에 갈 거라는 소문이

돌았다. 할머니가 말한 '우리를 둘러싼 상황이 너무 크고 무거웠다'는 말이 이것이었나 보다. 나라가, 대통령이 잘못하고 있다고 비난하면 안 되던 때. 밤에 모여 공부만 해도 잡혀가던 때. 국민들에게 숨겨야 할 것이 얼마나 많고, 찔리는 게 얼마나 많았으면 모여서 공부도 못하게 했던 것일까. 아무튼 그리하여 할머니의 첫사랑은 숨바꼭질을 하듯 숨어서 다녀야 했고, 밤공부 모임 장소도 그래서 자주 바뀌곤 했다.

할머니는 그분 걱정에 매일매일이 살얼음 같았다고 한다. 없는 돈에 때때로 시장에서 재료를 사다가 단무지랑 시금치만 넣고 김밥을 싸다가 드리기도 했다. 그러면 그분은 꼭 할머니랑 그걸 같이 먹었다. 김밥을 나누어 먹었던 그때, 할머니는 공장에 다니기 시작하고부터 그렇게 행복한 순간은 없었다고 했다. 같이 김밥을 먹으며 웃는 그분의 얼굴만 보아도 공장에서의 18시간 따윈 생각도 나지 않았다고.

그러다 그만 일이 터졌다. 할머니네 야학이 들통난 것이다. 할머니의 첫사랑이 형사들에게 쫓기고 있다고 했다. 곧 잡힐 거라고도 했다. 할머니는 그 소식을 같이 공부하는 작업방 친구에게 들었다. 할머니는 너무나 두렵고 무서웠다. 이제 그분은 어떻게 되는 걸까. 다시는 볼 수 없는 걸까. 아니, 그것보다 그분이 위험하다는 생각을 하니 견딜 수가 없었다. 어디로 도망가면 잡히지 않을 수 있을까. 그대로 가만히 있을 수는 없었다.

할머니는 그분이 얹혀살고 있던 그분 친구의 하숙집으로 쫓아갔다. 그곳에서 그가 공장 근처 시장통 옆에서 밤에 버스를 탈 거라는 이야기를 들었다. 할머니는 시장으로 달려갔다. 버스를 타기로 했다는 그곳이 어딘지 알 것 같았다. 그곳으로 쫓아가 무작정 밤까지 기다렸다. 눈물이 계속 흘렀다. 만약 이대로 다시 못 만난다면 앞으로 어떻게 살아야 할지가 막막하기만 했다.

그리고, 밤이 이슥해지자 거짓말처럼 그가 나타났다. 모자를 깊게 눌러 쓴 그가 할머니를 먼저 알아보았다. 놀란 그분은 위험하다며 할머니에게 빨리 돌아가라고 했지만 열아홉의 할머니는 막무가내였다. 할머니는 이미 결정했다. 그분을 쫓아가겠다고. 이렇게 혼자 돌아갈 수는 없다고.

들어본 적 없는 사랑 이야기. 다른 세상 사람들의 이야기. 젊은 남자와 여자가 만나 사랑하는 게 자연스럽지 않았던 때의 이야기. 공감할 수 없는 그 이야기가 내게 이상한 떨림을 주고 있었다. 아니 나는 그만 울컥해버렸다. 잡히면 큰일 난다는데, 감옥에서 나올 수 없거나 죽는 것보다 더 힘든 고문을 받는다는데, 할머니와 할머니의 첫사랑이 감당해야 했을 무서움은 어느 정도였을까. 역사책에서 스쳐 지나가듯 보아 넘겼던 민주화 시절의 한가운데를 할머니와, 그리고 할머니의 첫사랑이 그토록 아프게 지나왔다는 사실이 거짓말처럼 느껴졌다. 하지만 그건 거짓말이 아니다.

할머니는 공장도 포기하고, 오빠의 학비도 포기하고 첫사랑을 따라나서려고 했었나 보다. 잘못하면 공장에서 더 이상 일할 수 없게 될 뿐 아니라, 혹여 같이 도망 다니다 잡히기라도 하면 할머니에게도 상상조차 할 수 없는 고통이 기다리고 있을지도 모를 일이었다.

내가 아닌 다른 사람을 위해 어떤 고통도 감수할 수 있다는 마음이 정말로 가능한 걸까? 그것이 가능하다면, 그리고 그것이 사랑이라면, 어쩌면 사랑이란 용기일지도 모른다는 생각이 들었다. 그건 로맨스 소설이나 드라마 같은 데 나오는 환상일 거라고 생각했는데 할머니는 실제로 그런 사랑을 했었나 보다.

할머니는 그 슬픈 이야기를 담담하게 하셨지만 나는 정

말로 할머니가 다시 보였다. 할머니한테 이상 괴상 마녀에 재수똥이라고 한 게 후회가 되었다.

나라는 대체 왜 존재하는 걸까. 국민을 보호하고 안전하게 지켜줘야 하는 것이 바로 국가라고 분명 학교에서 사회 시간에 배웠는데, 왜 그들은 좋은 나라를 만들고 싶어 하고, 공부를 하고 싶다는 할머니와 친구들을 괴롭혀야만 했을까. 그들이 잡은 권력이 아무리 대단한 것이었다고 할지라도 사람을 괴롭히고 고문하고 잡아갈 만큼 절실했던 것인지 나는 궁금했다. 화가 나는 것 같기도 하고, 슬프기도 한 마음이 갈피를 못 잡고 있었다.

"저라면 그런 나라에 주먹 한 방 날리고 떠났을 것 같아요."

내가 말하자 할머니가 웃으신다. 할머니의 미소. 여느 할머니와 달리 까칠하고 이기적이기까지 한 할머니에게 그런 미소는 없을 것 같았는데, 할머니의 그 웃음이 내 마음에 스르르 젖어 들어왔다. 마음에 찌르르한 전기가 통하는 것 같아 할머니를 꼭 안아주는 상상을 해보았다. 아니 정말로 하마터면 할머니의 손을 맞잡을 뻔했다. 하지만 그랬다간 멋없는 할머니가 대뜸 핀잔을 줄 것이다. 나는 할머니에게 내 마음을 들키는 게 멋쩍어서 화장실에 가는 척을 했다.

그 선생님을 본 것은 그때였다. 어제 만났다가 갑자기 사라졌던 그 할아버지, 서주네 선생님. 같은 배를 탔었나 보다. 하긴 그 할아버지도 어제 비바람 때문에 배를 못 탔으니 이 배에서 만나는 건 이상한 일이 아니다. 나는 재빨리 그분을 쫓아갔다. 모퉁이를 돌아 쫓아가니 선실 쪽으로 들어가는 할아버지가 보였다. 나도 얼른 따라 들어갔다. 넓은 선실에 사람이 많았다. 그런데 어디로 사라지셨는지 갑자기 그분이 눈에 띄지 않았다.

'이상하다? 분명히 이리로 들어오셨는데…….'

선실을 휘휘 둘러보았다. 그런데 반가운 얼굴이 선실 구석에 앉아 있었다. 그 아이, 서주였다. 한 번쯤 더 만나면 좋겠다고 생각했는데 이렇게 선물처럼 만나게 될 줄이야. 나는 서주에게로 다가갔다.

"어? 너네? 안녕!"

서주가 고개를 들었다. 서주의 얼굴에도 반가움이 스쳤다.

"너 서울로 간 거 아니었어?"

나는 덥석 그 아이 옆에 앉았다.

"전시회 끝났어?"

"응, 어제가 마지막이었거든."

나는 나도 모르게 손을 내밀었다.

"악수하자. 반가워서."

서주가 활짝 웃으며 내 손을 맞잡았다. 우리는 악수를 했다. 나는 조금 어색해져서 괜히 발을 까닥거렸다. 서주의 운동화가 보였다. 오늘은 끈이 단정하게 묶여 있다.

"섬엔 왜 들어가는 거야?"

그 아이가 물었다.

"응, 우리 할머니랑 같이 왔는데 할머니가 만날 사람이 있어서, 섬에."

"아……."

서주 옆에는 큰 화판이 놓여 있었다. 전시했던 그림을 가지고 가는 것일 터였다.

"선생님이랑 같이 들어가는 거구나?"

"응? 선생님? 누구?"

"네 그림에 있던 선생님 말이야. 실은 어제 그 선생님이 안내해 주셔서 네 그림 전시회도 보러 간 거거든. 좀 전에 우연히 너희 선생님을 배에서 봤어. 그래서 그분 따라 선실에 들어왔더니 널 발견한 거야."

"무슨 말이야?"

서주가 눈을 동그랗게 뜨고 알 수 없다는 표정으로 물었다.

"무슨 말이냐니?"

나야말로 그 애의 표정이 당황스러웠다.

"네가, 우리 선생님을 봤다고?"

"그렇다니까, 어제 우리 할머니랑……."

"그럴 리가 없어."

서주가 내 말을 자르고 들어왔다. 아니 그것보다, 그럴 리가 없다는 건 무슨 말일까?

"어제 본 네 그림 속의 그 선생님 말이야."

서주는 멍한 얼굴로 고개를 천천히 흔들었다.

"선생님은, 돌아가셨어!"

"뭐?"

멍한 얼굴로 서주를 바라보고 있는 내게 서주는 다시 한 번 확인을 시켜주듯 고개를 끄덕였다.

"무슨 말이야. 말도 안 돼. 우리는 분명 어제 선착장에서 만나서 같이 버스를 타고……."

어제 일들이 빠르게 머릿속을 스쳐 지나갔다. 그래, 분명 선착장에서 만나 같이 버스를 타고 전시회에 갔고, 거기서 나는 그 선생님과 닮은 분의 그림을 보았다. 버스에서 선생님은 제자를 자랑스러워했고, 작은 고흐라던 그 아이는 분명 전시회에서 본 서주가 맞는데……. 나는 서주의 그림 앞에서 그분과 이야기도 나눴었는데. 이게 대체 어떻게 된 일일까?

"머리 색이 은색처럼 빛났었어. 맞아?"

서주는 얼이 빠진 채 고개를 끄덕였다.

아……. 서늘한 기운이 등허리를 타고 내려갔다. 머릿속이 어지러웠다. 그러니까 뭐야. 나 죽은 할아버지 선생님의 영혼을 봤다는 거야? 귀, 귀신을 만났다는 거야? 그런데 할머니는 그분이 영혼인 걸 몰랐던 건가? 할머니, 할머니를 찾아야 했다. 나는 서주를 데리고 할머니가 있는 곳으로 다시 돌아갔다. 이야기를 듣는 할머니의 얼굴이 점점 하얗게 변해갔다.

"왜 그러세요?"

이건 또 무슨 영문일까. 영혼을 볼 줄 안다는 할머니는 그걸로 그렇게 잘난 척을 하시더니 눈앞에 나타난 영혼을 몰라봤다는 건가? 할머니는 이상하리만치 떨고 있었다. 그러고는 들릴 듯 말 듯한 목소리로 서주에게 물었다.

"너희 선생님 이름, 존함이 어떻게 되시지?"

"박현우 선생님이요."

할머니는 무너져 내리듯 주저앉았다. 나는 할머니가 쓰러지는 줄 알고 얼른 붙들었다. 선생님의 이름을 듣고 놀라신 할머니의 얼굴은 어제 위경련이 왔을 때보다 더 새하얗게 질려 있었다. 그런데 이름은 왜? 아는 분인가? 멍하게 주저앉은 할머니에게서 분명히 느낄 수 있는 건 할머니의 얼굴이 놀람보다 슬픔에 가까웠다는 것이다. 그제야 내 손도 떨리고 있다는 걸 알았다. 뭔가 심상치 않은 일이 벌어지고 있음이 틀림없었다.

어쨌든 나는 영혼, 아니 귀신을 보았다. 나에게 할머니와 같은 능력이 이렇게 쉽게 생겨버리다니. 할머니에게 전수받은 기술이 있는 것도, 특별히 노력한 무엇이 있는 것도 아닌데 말이다. 그나저나 할머니를 저렇게 창백하게 만든 또 다른 사연은 뭘까. 복잡한 머릿속 때문에 잔뜩 무거워진 것 같은 고개를 들어보니 어느새 배는 섬에 가까워져 가고 있었다.

9. 햇빛 쏟아지던 여름

할머니의 눈이 빨개져 있었다. 곧 울음을 터뜨리실 것만 같았다. 나는 할머니를 훔쳐보다가 하늘을 보았다. 쨍한 햇빛이 내 눈을 멀게 만들기라도 할 듯이 눈 가득 달려들었다. 눈이 시어 나는 눈을 꼭 감았다. 감은 눈으로도 빛이 새어 들어오는 것인지, 강렬한 빛이 내 망막에 잔상으로 남아 있는 것인지, 빛구슬이 까만 눈 속을 굴러다녔다.

우리는 서주의 안내로 할아버지 선생님의 집 작은 마당에 서 있다. 선생님의 영정 사진을 그의 아들이 들고 있었다. 나는 눈을 뜨고 다시 사진 속의 얼굴을 들여다보았다. 분명 어제 만난 할아버지가 희미하게 웃고 있었다.

어제 만난 그 할아버지는, 서주의 선생님은, 바로 할머니의 첫사랑 그분이었다. 나는 그걸 마당에 들어서자마자 알 수 있었다. 우리는 그분의 영혼을 선착장에서 만나 같이 버스를 타고 전시회에 다녀온 것이었다.

나는 햇빛이 따가워 마당 한쪽 아담한 나무 밑에 서 있는 서주 옆으로 갔다. 그리고 내 볼을 몇 번이고 꼬집어보았다. 아야! 그래 나는 분명 깨어 있다. 아빠와 아줌마가 여행을 간 것도, 그 덕분에 내가 고모할머니의 집에 가게 된 것도, 할머니가 영혼과 통한다는 것을 알게 된 것도, 그리고 이렇게 예정에 전혀 없던 여행을 하며 영혼을 내 눈으로 보게 된 것도. 꿈이 아니라면 이 모든 일을 어떻게 설명해야 할까.

할머니의 첫사랑은 열흘 전에 돌아가셨다. 그분은 영혼의 몸으로 자신을 만나러 온 할머니를 선착장으로 마중 나오신 것이다. 내가 본 것이, 내가 겪은 어제의 그 일이 모두 정말로 꿈이 아니라면 그건 사실이다. 할머니는 떨리는 손으로 선생님의 사진을 어루만지고 있었다.

"미안해요. 내가 못 알아보았네요. 미안해요……."

할머니는 끝내 눈물을 흘리셨다. 그런 할머니의 손을 선생님의 부인 되시는 분이 와서 꼭 잡아주신다. 두 분은 서로의 손을 맞잡았다. 가까운 뒷산에 묻히신 선생님의 산소는 아직 푸른 풀들이 자리 잡지 않은 볼록한 흙무덤이었다. 할머니는 무덤에 꽃을 놓고 술을 뿌렸다. 그러고는 한

참 동안이나 말없이 잠들어 있을 할머니의 첫사랑을 쳐다보고 계셨다.

선생님의 부인께서 말씀하시길 그분은 그 후 끝내 형사들에게 잡혀 엄청난 고생을 하고 감옥 생활을 하셨다고 한다. 몇 년의 옥살이를 끝내고 이 섬으로 와서 지내시다가 여기서 선생님이 되셨다. 그리고 역시 이곳에서 결혼도 하시고, 자식도 낳으셨다.

그래, 그러니까 사랑을 쫓겠다고 공장도, 형제도 포기하고 시장에서 그분을 기다렸던 할머니는 그분과 끝내 함께하지 못했었나 보다. 무슨 사연이었을까. 할머니가 한없이 측은해졌다.

돌아가신 그분은 식구들에게 가끔 우리 할머니 이야기를 하셨다고 한다. 내 제자라고. 내 제자가 저렇게 성공해서 훌륭한 디자이너에 사업가가 되었다고. 잡지나 신문에서 할머니를 보면 그렇게 자랑스러워할 수가 없었다고 한다. 장례가 끝나고 나서 그분의 가족들은 할머니에게 연락을 했다. 왠지 그래야만 할 것 같았다고 했다. 그리하여 내가 할머니 집에 지내러 갔던 그때, 할머니가 영혼과 통한다는 것을 알게 된 바로 다음 날 아침, 할머니는 할머니의 첫사랑이 돌아가셨다는 연락을 받았던 것이다.

어제 만났던 할아버지 선생님의 얼굴이 새삼 또렷이 떠오른다. 유난히 맑았던 눈, 흐린 날에도 빛났던 그분의 멋진 은발도 생각났다. 그분은 왜 우리 앞에 나타나신 걸까. 할머니와는 특별한 사이였다 쳐도 나는 그분을 본 적도 없는데, 어째서 내 눈에도 그분의 영혼이 보인 걸까. 알 수 없는 일이었다.

할머니와 나는 섬 여기저기를 걸어 다녔다. 웬일인지 산소를 다녀온 할머니의 얼굴이 편안해 보였다.

"할머니, 우리 여기서 하룻밤 더 자고 갈까요?"

할머니는 이 섬에서 조금 더 시간을 보내고 싶을지도 모른다. 내가 할머니라면 헤어진 후 그토록 그리던 사람이 오랫동안 살아온 이 섬에 잠시라도 머물고 싶을 것 같다. 나? 내 마음은 나도 알 수 없었다. 내가 죽은 사람의 영혼을 보고, 말도 해보았다는 게 믿기지 않았다. 물론 조금 오싹한 기분도 들었지만, 내 앞에 나타난 고모할머니 첫사랑의 영혼이 무섭지는 않았다. 할아버지 선생님의 비밀스러운 정체를 알고 나자 오히려 이 섬이 편안하고 정겹게 느껴지기까지 했다.

첫사랑을 따라 함께 떠나고자 했던 할머니와 그분은 어떤 사연으로 함께하지 못하게 된 건지 궁금했지만 입을 꾹

다물었다. 아무리 궁금해도 물어야 할 때와 입을 다물어야 할 때를 알아야 한다. 그걸 알지 못하고 촐싹거리는 어린 애이고 싶진 않다.

"실은 나도 전에 이 섬에 왔었다. 하룻밤을 보냈지 여기서."

"네? 여기서요? 그럼 그분이 여기 사시는 걸 알고 계셨단 말이에요?"

"아니 몰랐어. 어제 아침 죽었다는 연락을 받기 전까지는."

"그럼 여기 언제, 아니 왜 오신 거예요?"

"그때 말이야, 왜 시장통에서 하루 종일 그 사람을 기다리면서 같이 도망가겠다고 마음먹었을 때. 우리는 그때 함께 이 섬으로 왔었거든."

그날 밤 나는 선생님의 만류에도 불구하고, 고집을 부려 결국 같이 버스를 탔다. 버스는 조용히 밤길을 달려 어느 선착장에 우리 둘을 내려주었어.

"돌아가라. 이럴 일이 아니야."

선생님이 계속해서 날 설득했지만 나도 질 수가 없었지. 한사코 고개를 저었어.

"같이 가겠어요. 나, 선생님이 없으면……. 공장이고 뭐고 다 아무 소용없어요. 그냥 아무도 모르게 어딘가로 가서 처녀 귀신이 될 거예요."

그게 내 첫 고백이자 마지막 고백이었다. 웃기지? 가슴 떨리며 기껏 연구한 말이 겨우 귀신이 될 거라는 협박이라니. 우리는 통통배를 빌려 섬으로 들어갔다. 한밤중 잠자고 있는 섬은 불빛 하나 없이 어두웠어. 간신히 찾아 들어간 민박집에서 나랑 그분은 숨죽인 채 그 밤을 보냈다. 무섭고 떨렸던 그 밤을 나는 아직도 생생히 기억해. 누군가가 당장이라도 들이닥쳐 선생님과 나를 잡아갈 것만 같은 두려움 때문에 숨소리조차 제대로 낼 수가 없었다. 나는 가만히 가만히 그 까만 어둠 속에서 그분을 보았어. 늘 바라보기만 했던 나의 선생님은 어둠 속에서 고개를 숙인 채 미동도 하지 않더라. 두 팔로 다리를 감싼 채 방바닥만 쳐다보고 있던 그 실루엣을 나는 잊을 수가 없다.

나는 그날 밤 뜬눈으로 밤을 지새웠다. 그리고 새벽녘에 벽에 머리를 기댄 채 잠이 든 선생님을 지켜보다가 나도 잠이 들었던 것 같아. 눈을 떠 보니 내 앞에 따끈한 아침 밥상이 차려져 있지 뭐냐. 민박집 주인이 차려내 온 밥상이었어. 그런데 선생님이 온데간데없는 거라. 갑자기 두

려워져서 막 자리를 떨치고 일어나는데 선생님이 방으로 들어오시더구나.

"일어났구나. 아침 먹자."

"어디 다녀오세요?"

선생님은 나를 잠깐 보더니 말했어.

"좀 걸었어."

나는 세수를 하고 방으로 돌아와 선생님과 함께 아침을 먹었다. 우리는 정말이지 밥만 떠먹었어. 그러니 이상하지. 그날의 일들 모두가 그리도 생생한데, 그날 반찬으로 뭘 먹었는지는 지금까지도 전혀 생각이 나질 않으니 말이다. 그래도 나쁘지 않더라. 좋아하는 사람과 앉아서 아침밥을 먹고 있다는 게 설레었어. 불안하고 무섭고 두려운 마음도 조금씩 가라앉는 것 같았지. 영원히 이렇게 살아도 좋겠다, 이 섬에서라면 아무도 우릴 못 찾아올지도 모른다, 여기서 고기도 잡고 농사도 짓고 선생님을 바라보며 살면 참 행복하겠다, 그런 생각들을 했었어. 그런데 선생님이 갑자기 건넨 그 말 한마디가 내 심장을 내려앉게 만들었어.

"어머니는 시골에 계시지?"

어머니, 엄마라는 그 한마디.

"가끔 서울에 올라오시니?"

"네……."

라고 말하고는 입을 다물어버렸다. 그러다 밥을 두어 술갈이나 더 먹었을까. 나는 묻지도 않은 말을 덧붙였어.

"일 년에 두 번이요. 오빠랑 제 생일에요."

"…… 그래."

내 엄마, 그러니까 너한테는 증조할머니가 되겠구나, 엄마 생각이 나자 차분해져 가던 내 머릿속은 갑자기 뒤죽박죽이 되어버렸다. 그 와중에도 꾸역꾸역 밥을 떠서 입에 넣는데, 도대체가 무슨 맛인지 알 수가 없더라.

"어머니 생각을 해야지."

나는, 나는 결국 밥상에서 울음을 터뜨리고 말았다. 그러지 않으려고 입술을 깨물고 허벅지를 꼬집었는데 그냥 울음이 비어져 나와 버리더라.

사실 그날은 내 생일을 닷새 앞둔 날이었어. 바로 엊그제 시골집에 전화를 했었고, 엄마는 내 생일에 맞춰 올라오시겠노라고 했었다. 그래서 나는 엄마를 마중하러 서울역에 나가기로 약속을 해둔 터였지. 하지만 나는 차마 선생님에게 그 말은 하지 못했다. 오지 말라고 괜찮다고 만류하는 딸에게, 엄마는 소고기를 끊어다 뚝뚝 썰어 넣고 꼭 미역국을 끓여주겠노라 했다고, 벌써 기차표도 다 예매해놓았노라 했다고, 내가 어떻게 그 말을 할 수 있었겠니. 하지만 그제야 생각해보니 서울역에 엄마를 마중 나갈 사람은 이제 없더라. 마중 나가기로 한 나는 사랑하는 사람을 따라 도망했고, 이삼일만 지나면 공장에서도 이유 없이 출근하지 않은 나를 찾아 누군가 자취방으로 찾아올 게 뻔했으니까.

형사들은 사라진 나를 선생님과 같이 도망한 것으로 보고 쫓을 거고, 그럼 엄마는 어떻게 될까. 제 오빠 밥을 해주고 학비를 벌게 하느라 열일곱 딸을 서울로 보낼 수밖에 없었던 엄마. 내 손만 보면 미안하다고 깊은 한숨을 쉬던 나의 엄마. 그런 딸이 하루아침에 쫓기는 신세가 되었다는 것을 알면 엄마는 어떻게 될까…….

생각하지 않으려고 애써 꾹꾹 숨겨놓았던 마음이 걷잡을 수 없는 걱정과 불안함으로 쏟아져 나와버렸어. 그러고는 주문을 외듯 마음속으로 계속 되뇌기 시작했지.

'나는 공장으로 돌아가 돈을 벌어야 하고, 내 생일에 올라오시는 엄마를 마중하러 서울역으로 나가야 한다.'

휴……. 자꾸만 한숨이 나오는구나. 40년이 지난 이야기를 하면서도 그날 아침 그 마음은 아직도 참 아프다. 어쨌든 그래서, 어찌 됐냐 하면, 그날 그렇게 아침밥을 다 먹고 나서 나와 선생님은 함께 선착장으로 갔다. 아침 첫 배가 들어오고 있었지. 그리고 그때부터 나도, 그분도 둘 다 아무 말도 하지 못했다. 그냥 멍청하게 배가 들어오는 것을 보고 있었어. 미안하다고, 이렇게 그냥 돌아가 버려서 미안하다는 말도 못 남기고 돌아섰다.

배에 오르고 나서 나를 지켜보고 서 있을 그분을 보려고 했는데, 잘 보이질 않았어. 쏟아지는 아침 햇빛 때문이었다. 아직 중천에도 뜨지 않은 해가 어찌나 세던지, 눈도 제대로 뜰 수가 없었지. 그때 그 햇빛이 얼마나 밉고 야속했는 줄 아니. 오죽하면 그래서 난 지금도 여름 햇빛을 싫어한단다.

여하간 배는 시간이 되자 내 마음도 모르고 어김없이 출발을 했어. 쏟아지던 햇빛 사이로 그림자처럼 서 있는 그분이 점점 작아지는 것을 나는 끝까지 바라보았다. 그 모습이, 그게 내가 기억하는 그분의 마지막이구나.

10. 시소

"나랑 사귈래?"

나는 내 귀를 의심하며 건우를 보았다. 아마 감정을 잘 숨기지 못하는 내 얼굴에 어이없다는 표정이 그대로 드러났었나 보다.

"그런데, 그런 표정은 뭐냐?"

"너 지금 뭐랬니?"

"나랑 사귀자고. 너 좀 특별한 것 같아. 네 그림도 그렇고. 네가 궁금해."

세연이의 얼굴이 머릿속에 스쳐 지나갔다.

"방학 시작해서 시간도 좀 있고, 심심하잖아."

건우가 덧붙였다.

"넌 심심해서 누군가를 사귀고 그러니?"

건우가 어깨를 으쓱했다.

"말이 그렇게 되나? 아니, 그런 뜻은 아니고. 말했잖아, 네가 궁금하다고."

"너 때문에 내 친구랑 나는 어색한 사이가 되어버렸어."

건우는 뭔가 생각하는 듯했다.

"장세연 말하는 거야?"

나는 아무 말도 하지 못했다. 괜한 말을 했다고 후회하는데 그 애가 말했다.

"너희 둘이 붙어 다니더라고. 걔가 나 좋다고 해?"

나는 기가 막힌 얼굴로 그 애 얼굴을 노려보듯 쳐다보았다.

"너 정말 싸가지에 왕자병이 심각하구나?"

건우는 싸가지라는 말에 잠깐 놀라더니 이내 키득키득했다.

"그래서. 친구 배신할 수 없다, 뭐 그런 거?"

"미안하지만 아니! 너한테 관심이 1도 없어서야. 재수없으니까 앞으로 나한테 말도 걸지 마!"

하고 돌아섰었다. 그게 할머니네 집으로 가기 전날 저녁 학원에서 건우와 나눈 이야기였다. 갑자기 그 생각이 왜 났는지 모르겠다. 쏟아지는 여름 햇빛 때문에 첫사랑의 마지막 실루엣만을 쳐다봐야 했다는 할머니의 이야기와 아무 상관도 없는데 말이다. 세연이와 건우와 이상하게 꼬여버린 삼각관계와 할머니의 슬픈 첫사랑 이야기는 물과 기름처럼 겉돌기만 하는 데 말이다.

그날 할머니의 선택이 옳았을까, 그렇지 않을까. 한 가지 확실한 건 할머니가 한없이 불쌍하다는 것이다. 할머니는 늘 양보만 해야 했다. 하고 싶던 공부도 오빠에게 양보하고, 힘들게 번 돈도 자신을 위해 쓸 수 없고, 부모님이 속상해할까 봐 좋아하는 사람을 위해 낸 용기도 포기해야 했던 할머니.

나는 열아홉 살의 할머니와 내가 나란히 서 있는 상상을 해보았다. 나는 가족들에게 어떤 사람이지? 엄마에게 아빠에게 그리고 아줌마에게 나는 언제나, 당연히 내가 먼저였다. 아줌마의 뱃속에 있는 동생이 태어나면? 나는 물론 그 동생을 위해 나의 무언가를 양보하는 좋은 언니, 혹은 누나가 될 것 같지 않다. 조금 부끄러워졌다. 그때의 할머니와 비교하면 나는 정말로 이기적인 아이일지도 모른다. 아니 그렇다. 하지만 그렇다고 해서 나는 그 시절의 할머니에게 잘했다고 말해주고 싶지는 않다. 그 이유는 정확히 모르겠다. 그냥…… 할머니는, 공부를 더 하겠다고 부모님께 떼라도 써봤어야 했다. 공장에서 일해 번 돈으로 예쁜 머리핀이나 화장품을 살 수 있었어야 했다. 좋아하는 사람을 위해 낸 용기를 그렇게 쉽게 포기하지 말았어야 했다. 만약 그랬다면, 어쩌면 할머니는 지금의 할머니가 아니었을지도 모른다.

그런 생각이 들자 할머니의 등이 푹 파진 원피스가, 깃털 달린 모자가 측은했다. 할머니의 원피스와 모자는 그리고 목을 가린 스카프는 다시는 그렇게 살지 않을 것이라는 할머니의 다짐 같은 것일지도 모른다.

할머니와 나는 파자마 파티를 하는 여자아이들처럼 잠옷을 입고 폭신한 요 두 채가 곱게 깔린 방 안에 앉아 이야기꽃을 피웠다.

우리는 할머니의 첫사랑이자 서주의 선생님이 오랫동안 살아오신 이 섬에서 하루를 더 보내기로 했다.

내가 어떻게 한다고 해도 열아홉 할머니의 아픔을 위로해드릴 순 없었지만, 할 수 있다면 어떻게 해서든 할머니를 즐겁게 해드리고 싶었다. 그래서 스케치북을 꺼냈다. 할머니를 그려드리기로 했다. 할머니의 얼굴을 그리려고 했는데 할머니가 갑자기 손을 내밀었다.

"내 손을 그려봐. 어디 얼마나 잘 그리는지 한번 보자."

예전에 학원에 다닐 때 손을 그리는 연습은 여러 번 했었다. 하지만 왠지 그때 연습한 대로 그리고 싶진 않았다. 그래, 할머니의 손은 색을 칠해야겠다. 그건 어쩔 수 없는 선택이기도 했다. 할머니 손톱의 화려한 매니큐어 색깔 때문이었다.

서둘러 크로키북과 연필을 꺼내 들고 그림을 시작하기 위해 할머니의 손을 자세히 들여다보았다. 손톱 때문에 처음에는 눈에 들어오지 않았던 손주름들이 보였다. 그리고 주름 사이사이로 흉터가 군데군데 자리 잡고 있었다. 세월이 많이 지나서인지 흐릿해진 흉터들 중 하나가 눈에 띄었다. 왼쪽 검지손가락 관절 뼈 바로 밑에 있는 것이었는데 크기가 제법 컸다.

"미싱 바늘 중에 가장 큰 것이 거기로 들어갔지. 아주 잠깐 조는 사이였어. 얼마나 아프던지, 눈물도 나지 않더라."

나는 침을 꿀꺽 삼켰다. 할머니가 느꼈을 아픔을 상상해 보려고 했는데 잘되지 않았다.

"근데요 할머니, 신기해요. 하트 모양처럼 생겼어요."

진짜로 그랬다. 찔린 부분이 아문 흉터는 하트 모양이었다. 할머니는 자신의 흉터를 처음 보는 사람처럼 자세히 들여다보았다.

"그래, 지금 보니 그런 것도 같구나."

빨간 매니큐어와 할머니의 못생긴 손이 이상하게 잘 어울렸다. 나는 오랜만에 색을 칠해보고 싶다는 생각이 들었다. 서둘러 스케치에 들어갔다.

얼마나 지났을까. 대강의 윤곽을 끝내고 손톱을 그리고 있는데 할머니가 낮은 소리로 말했다.

"왔다."

나는 그림에 집중하느라 할머니를 보지도 않고 대꾸했다.

"뭐가요?"

"네 엄마가 왔어."

나도 모르게 숨을 멈추었다. 엄마? 엄마가? 드디어 엄마가 나를 찾아온 걸까. 숨이라도 크게 쉬면 엄마가 날아가 버릴 것 같아서 나는 숨을 참고 천천히 고개를 들었다. 그리고 방 안을 휘휘 둘러보았다. 방 안엔 아무도 없었다.

"엄마가 보여요……?"

할머니는 고개를 끄덕였다. 엄마가 왔다. 할머니 눈엔 지금 엄마가 보인다. 그리고 내 눈엔 보이지 않는다.

"어디 있어요, 우리 엄마?"

할머니는 손가락으로 방의 한구석을 가리켰다. 나는 그곳을 뚫어져라 쳐다보았다. 아무리 눈을 크게 떠도, 눈을 비비고 다시 보아도 내겐 보이지 않는 엄마였다. 서러움이 밀려왔다. 나랑 아무 상관도 없던 할머니의 첫사랑 할아버지도 내 앞에 나타났는데, 엄마는 왜 내 앞에 나타나질 않는 걸까. 왜.

"냄새를 맡아봐."

"무슨 냄새요?"

"네가 기억하는 엄마 냄새가 날 거다."

엄마 냄새를 느껴보려고 애썼다. 하지만 아무 냄새도 나지 않았다. 나는 그림을 다 완성하지 못하고 스케치북을 닫았다.

할머니와의 두 번째 밤, 우리는 다시 나란히 누웠다.

"엄마는 어떤 얼굴이었어요?"

"너를 계속 쳐다보고 있더라. 조금 슬퍼 보였어."

코가 시큰해졌다.

"엄마를 왜 미워하니? 그러지 마라. 엄마 생각이 나면 울고 싶을 텐데. 울고 싶으면 울어도 돼."

"모르겠어요, 잘. 엄마는 나를 만나고 싶지 않은가 봐요. 아직도 화가 많이 나 있나 봐요. 내가 학원에 다니기 싫다고 해서. 내가 색을 칠하기 싫다고 해서요."

"그럴 리가 있니. 화는 네가 나 있는 것 같은데."

"제가요?"

내가 아직 엄마에게 화가 나 있나? 그래서 엄마가 내 앞에 오지 않는 걸까?

"할머니."

"왜."

"왠지 오늘 밤은 나쁜 꿈을 꿀 것 같아요. 할머니는 악몽 같은 거 안 꾸세요?"

"꾸지. 어떤 거냐 하면……, 미싱을 돌리는데 아무리 돌려도 옷감이 붙질 않는 거다. 정말 열심히 돌리고 또 돌려도 계속 옷은 찢어지기만 해. 그런 꿈을 꾸고 아침에 일어나면 정말 밤새 일을 한 것처럼 피곤해."

"저는요, 자꾸만 시소를 타요."

"시소를?"

"네. 그 시소에는요. 처음엔 아빠와 나만 있어요. 그러다가 아줌마, 새엄마 말이에요, 아줌마가 와서 아빠 쪽에 앉는 거예요. 그러니 혼자 앉은 제 쪽이 너무 가벼워져서 올라가잖아요. 그럼 어떡해야겠어요? 균형을 맞추려고 제가 뒤쪽으로 가서 앉아요. 그렇게 간신히 균형을 맞추고 또 열심히 시소를 타거든요? 그런데 또 누가 나타나요. 그건 어린 동생이에요. 아마 아줌마 뱃속에 있는 그 아이인가 봐요. 그 아이가 또 아빠랑 아줌마 쪽에 앉아요. 저는 더 뒤로 가야 하고요. 그런데 아무리 가도 아줌마네 쪽이 무거운 거죠. 저는 하는 수 없이 좀 더 뒤로, 좀 더 뒤로 가다가요. 그러다가요."

"그러다가?"

"그만 시소에서 떨어지는 거예요."

할머니는 말없이 내 쪽으로 다가와 누우셨다. 그리고 팔을 펴더니 내게 그곳을 베라고 손짓을 하셨다. 내가 할머니의 팔을 베자 할머니는 나를 가만히 안아주셨다.

"무서웠겠구나."

내 등을 토닥토닥 천천히 두드려주시는 할머니의 손길이 참 따뜻하다. 다시 코끝이 찡해지면서 눈물이 차올랐다. 하지만 할머니 앞에서 울고 싶진 않았다. 나는 독한 박설이니까.

"애 설아, 참지 마라. 새엄마가 미우면 좀 미워해도 돼. 울고 싶으면 맘껏 울어라. 엄마가 보고 싶으면 그냥 보고 싶어 해. 독하지도 못한 게 독한 척이나 하지 말고."

나는 대답하지 않았다. 쳇. 옛날 그때 할머니도 참기 대장이었으면서, 나보고만 참지 말고 다 하래. 할머니의 품에 안긴 나의 발에 할머니의 따뜻한 발치가 닿아 간질거렸다. 나처럼 키가 크신 할머니. 똑같이 삐쩍 말라가지고는 나처럼 성격도 괴팍하고, 목소리도 크시다. 거기다 우리는 함께 같은 영혼을 만난 사이가 되었다. 신기하다. 내가 나의 친할머니도 외할머니도 아닌 고모할머니를 닮았다는 것. 그것에도 어떤 뜻이 숨어 있는 것일까.

할머니의 품에서 잠이 든 덕분인지 나는 그날 밤 시소를 타지 않았다. 할머니의 위경련도 잠잠했다고 한다.

11. 혼자 있고 싶을 때

매콤하면서 달콤한 냄새가 코를 찔렀다. 부엌에서 썰고 있는 양파 냄새가 거실까지 넘어온 걸 보면 꽤 매운 양파인가 보다.

아줌마는 이제 그 양파를 찬물에 담가놓을 것이다. 물에 담가 매운 냄새를 어느 정도 빼내어 물기를 말린 다음 샌드위치에 넣어 먹으면 양파도 꽤 맛이 좋다. 익힌 양파라면 몰라도 생양파는 절대 먹지 않았던 내가 아줌마가 만든 샌드위치를 시작으로 조금씩 먹게 되었다. 그리고 지금은 좋아하기까지 한다. 양파의 알싸한 맛이 빠지면 샌드위치가 영 싱겁다. 나는 뒤적거리던 책을 들고 슬며시 주방 쪽으로 가서 식탁에 앉았다. 샌드위치가 다 만들어지길 기다리면서 나는 책을 보는 척하며 빠르게 움직이는 아줌마의 손길을 살핀다.

빵 위에 치즈, 치즈 위에 슬라이스 햄, 햄 위에 양상추, 양상추 위에 토마토, 그리고 양파. 마지막으로 발사믹 소스를 뿌리고 빵을 덮는다. 내가 보고 있는 걸 느꼈는지 아줌마가 마무리를 하며 나를 흘끗 보았다.

"배고프구나?"

"조금요."

아줌마는 샌드위치를 만드느라 부산스러워진 조리대를 정리하며 조금만 더 기다리라고 했다. 샌드위치 속 재료들이 가지런히 하나가 되도록 빵을 눌러놓은 참이다.

고모할머니와 여행을 다녀온 지도 벌써 2주일이 지났다. 그런데 2주일이 아니라 2년은 된 것처럼 멀게 느껴진다. 아니 어쩔 땐 내가 그 섬에 다녀왔었나 싶다. 꿈을 꾼 것 같기도 하고, 그냥 누군가에게 들은 옛날이야기 같기도 하다. 내가 할머니와 섬에 가서 할머니 첫사랑 할아버지의 영혼을 만났다고 하면 누가 믿어줄까. 하긴 믿어주지 않아도 좋다. 나도 이야기하고 싶지 않으니까. 혼자만의 비밀로 간직하고 싶어서 아빠는 물론 아줌마한테도 이야기하지 않았다.

할머니도 내 마음을 알았는지 아빠에게 그 이야기를 하지 않은 것 같았다. 서주랑 이메일을 주고받는 사이가 되지 않았다면, 내 메일함에 서주의 편지가 들어 있지 않다면, 누군가 나타나 '그거 모두 네 꿈이야.'라고 우겨도 할 말이 없을 터였다.

"다 됐다. 먹자."

아줌마가 벌써 깨끗하게 행주질이 된 조리대 위에 큼지막한 샌드위치를 두 조각으로 잘랐다. 하나는 내 앞에 놓이고, 다른 하나는 아줌마가 들고 식탁에 같이 앉았다.

"그래서, 혹시 생각해봤어?"

아줌마가 자기 샌드위치를 다시 반으로 잘라 내 접시 위에 놓아주며 물었다.

"뭘요?"

"아가 이름."

크게 한 입 베어 물고 입에서 우물거리던 샌드위치가 목에 걸렸다.

"아뇨. 아직……."

"아빠랑 얘기해놓기로는 설이 너처럼 외자로 하면 어떨까 하는데. 박설, 박설, 설, 설아."

아줌마는 내 이름을 곱씹듯 되뇌었다.

"설이처럼 예쁜 글자 하나 없을까? 부드럽게 발음되면서 너무 평범하지 않은 걸로."

"여자앤지 남자앤지도 모르잖아요."

급하게 먹어서인지 샌드위치가 잘 내려가지 않고 얹힌 느낌이었다. 아니다. 급하게 먹어서가 아닌 거 나는 안다.

"난 그냥 여자아이다 생각하려고. 딸이 좋아. 설이 너 같은."

"거짓말."

나는 혼잣말처럼 뱉어버렸다. 거짓말.

"응?"

아줌마는 나의 굳어버린 표정을 보았을까.

"저 같은 딸이 뭐가 좋아요. 애교도 없고, 까칠하고, 공부도 못하고, 그리고."

그리고, 그리고.

"독하고."

아줌마가 놀란 눈으로 나를 보고 있었다.

"설아."

"저보고 자꾸 이름 지으라고 하지 마세요. 하기 싫어요."

아줌마는 당황한 얼굴이었다. 그러더니 얼른 표정을 바꿔 웃으며 말했다.

"그래, 알았어. 미안. 그럴 수 있겠다."

오늘따라 아줌마의 저 착한 얼굴에도 갑자기 심통이 났

다. 뭘 알았다는 걸까. 아줌마가 진짜로 내 마음을 다 안다는 걸까? 갑자기 마음속 저 깊은 곳에서 울화 같은 것이 치밀어 오르기 시작했다. 나는 조용히 자리에서 일어나 내 방으로 갔다. 아줌마가 따라 들어왔다.

"기분 많이 상했어? 배고프댔잖아. 샌드위치 마저 먹자."

"많이 먹었어요."

나는 책상에 앉은 채 책상을 정리하는 척하며 아줌마를 보지 않았다. 아줌마는 머뭇거리며 할 말을 찾는 것 같았다.

"혼자 있고 싶구나? 알았어. 필요한 것 있으면 말해."

"네."

아줌마가 나가고, 나는 멍해졌다. 평소 같았으면 그냥 넘어갈 일이었다. 나도 내가 이상했다. 그렇게 한참을 멍하게 아무 생각 없이 벽만 쳐다보고 있다가 나는 책상 가장 아래 서랍에서 그림 하나를 꺼내 들었다.

할머니의 손.

완성한 지 며칠 되었다. 나는 그림을 들고 밖으로 나왔다. 아줌마는 방에 들어간 듯했다. 아줌마가 눈치채지 않게 조용히 신발을 신고 현관문을 열었다. 말도 안 하고 집을 나온 걸 알면 아줌마가 놀랄 거고, 아빠는 나를 나무랄 것이다. 하지만 나는 지금 집에 있기가 싫다. 아줌마와,

맛있는 샌드위치와 알싸한 양파 향, 잘 정돈된 거실. 그 모든 것이 갑자기 낯설고 싫었다.

걸어가면 1시간은 족히 걸리는 거리였지만 나는 고모할머니네 집으로 가는 길을 알고 있었다. 최대한 천천히 걸어서 할머니 집 앞에 도착했다. 할머니가 집에 계실까?

초인종을 눌렀더니 할머니 집안일을 봐주시는 아주머니가 문을 열어주셨다. 아주머니는 으레 내가 놀러 온 줄 알고 하던 일을 계속하셨다.

할머니가 계셨다면 좋았을 텐데. 나는 2층 내가 머물렀던 방으로 올라가 침대에 걸터앉았다. 할머니는 여행에서 돌아오며 언제든 집으로 와 이 방을 써도 좋다고 말씀하셨다. 그게 은근히 기분이 괜찮았다. 또 하나의 내 공간. 혼자 있고 싶을 때, 아빠와 아줌마와 조금 떨어져 있고 싶을 때, 천천히 걸어와 이곳에 쏙 숨어들 수 있다는 것이 책상 서랍 속 깊숙이 숨겨둔 초콜릿처럼 달콤하고 좋았다. 여행이 끝나고 이번이 처음 시도이다.

나는 그림을 다시 한번 찬찬히 들여다본다. 그날 밤 다 그리지 못해 사진으로 찍어둔 할머니의 손을 집에 와서도 며칠간 더 그렸다. 할머니 손의 주름과 하트 모양의 흉터가 꽤 마음에 들게 그려졌다. 손 전체를 색칠할까 하다가 손톱 부분만 빨간색을 입혔다. 느낌이 나쁘지 않았다. 할머니는 그림을 보고 좋아하실까? 할머니의 반응이 벌써부터 기대가 되었다.

엄마 생각이 났다. 엄마는 그날 이후로 단 한 번도 내 앞에 모습을 나타내지 않았다. 할머니와 내 앞에 찾아왔지만 내 눈에는 보이지 않았던 엄마.

“학생! 설이 학생!”

누군가 나를 흔들어 깨웠다. 나를 흔드는 손길 때문에 내가 잠들었다는 걸 알았다. 정신을 차리고 보니 창밖은 벌써 깜깜했다.

“아니 여기서 이러고 자고 있음 어떡해.”

할머니댁 아주머니였다. 아주머니의 이야기를 들어보니 내가 없어진 후 우리 집은 발칵 뒤집혔다고 한다. 아주머니는 내가 여기 왔다는 걸 깜빡 잊어버리고 퇴근하셨고, 집에서 아줌마와 아빠가 내 행방을 뒤지다 고모할머니에게까지 연락을 하셔서 고모할머니가 아주머니에게 연락을 했던 것이다.

아주머니는 그제야 내가 할머니 집에 왔었다는 것이 기억나 서둘러 다시 오셨는데, 내가 2층 방에서 세상모르고 자고 있으니 황당하셨나 보다.

아주머니가 고모할머니께 내가 여기 있다고 전화를 하는 사이 나는 할머니 방으로 내려갔다. 할머니는 지금까지 회사에 계신 걸까? 얼굴을 보고 가려고 했는데, 아쉬웠다. 할머니와 여행을 다녀온 뒤로 나는 줄곧 할머니가 보고 싶었다.

할머니의 화장대 위에 그림을 놓아두고 집으로 가려고 나섰다. 그러자 아주머니가 말렸다. 아빠가 데리러 오고 있다고 했다. 아빠는 나 때문에 화가 많이 나 있을 것이다. 할머니 집에 잠깐 왔다가 어두워지기 전에 돌아가려고 했는데, 잠이 들어버렸으니. 나도 참 한심하다.

12. 미안해, 엄마

표정은 좋지 않았지만, 의외로 아빠는 아무 말도 하지 않았다. 크게 혼이 날 줄 알았는데 조금 머쓱했다. 말 없는 아빠의 굳어진 얼굴이 어쩌면 정말로 화가 많이 났다고 이야기하고 있는 것 같았다. 나는 집으로 가는 잠깐 동안 운전하는 아빠 옆에서 창밖만 바라보았다. 아빠는 집 앞에 주차를 하고는 그제야 나를 돌아보았다.

"왜 그랬어?"

"……."

"외출하는 건 좋은데, 말은 해야 하잖아. 얼마나 놀랐는지 알아?"

"알았어. 다신 안 그래."

아빠는 차 창문을 조금 열었다. 유난히도 더웠던 여름날들이 지나가고 있는 것인지 이제 제법 시원해진 밤공기가 차 안으로 밀려 들어왔다. 쏟아지는 여름 햇빛이 미웠다고 할머니는 그랬었지만, 나는 이상하게도 시원해진 밤공기가 못내 섭섭했다. 아마도 할머니와 함께했던, 꿈같던 지난 여름날들이 이렇게 가버리는 게 아쉬워서일 것이다.

"동생 생기는 게 싫어?"

"……."

그걸 이제야 물어보다니.

"진즉 물어봤어야 하는데. 너무 늦었지."

나는 아빠를 보았다. 내 마음을 읽은 아빠가 신기했다. 아빠는 나를 보지 않고 차창 밖 어두컴컴한 아파트 화단을 쳐다보고 있었다. 아무 말이 없는 아빠에게 나도 선뜻 말을 건네지 못하고 손톱 끝을 만지작만지작했다. 어색한 공기가 들숨 날숨으로 내 몸속을 들어왔다 나갔다 한다.

"네 마음을 짐작하지 못해서가 아냐. 헤아리지 못해서도 아니고. 계속해서 네 눈치를 보면서도 물어보기가 겁이 나서 그랬어. 동생이 태어나면 네가 어떤 마음일지, 들여다보는 게 아빠는 겁이 나더라. 비겁한 거지."

"그래서 아무 일도 아닌 것처럼 죽 그런 거야?"

"그래. 마음으로는 계속 신경 쓰이고 이걸 어떻게 설명해야 하나 하면서도, 네 투정을 받아주기 시작하면 설이 네가 약해질까 봐. 어쩔 수 없이 생겨난 상황들을 너 스스로 극복해주길 바라는 마음이었어. 엄마가 돌아가신 것도, 새엄마가 들어온 것도, 동생도 모두."

아빠는 말을 멈추고 들릴 듯 말 듯 한숨을 쉬었다.

그리고.

"어린 네가 감당하기 힘든 일들이라는 걸 알고 있어. 너를 생각하면 아빠는 여기가 뻐근해져."

아빠는 가슴을 가리키며 나를 보았다. 나도 아빠를 보았다. 이상했다. 아빠가 아프다는데 나는 마음이 따뜻해지고 있었다.

"아빠가 겁쟁이라서 미안해. 비겁해서 미안하다."

"…… 응."

아빠가 그런 마음인지는 몰랐다. 그냥 내게 무심한 거라고 생각했다. 가족이라고, 함께 산다고 서로의 마음을 잘 아는 건 아닌가 보다.

"잘 들어 박설. 아빠한테는, 누가 뭐래도 네가 첫째야."

아빠는 표현을 잘 안 하는 사람이다. 사랑한다는 말도 편지에는 쓰지만 말로는 하지 못한다. 너무 오글거려서 못하겠다고 했다. '네가 첫째야.'라는 말을 하기까지 아빠는 작은 용기가 필요했을 것이다.

"몰랐어."

"이 자식아 어떻게 그걸 의심해."

아빠의 말은 진심이었다. 나는 그걸 느낄 수 있다.

"아빠 나는."

내가 말을 멈추고 잠깐 뜸을 들이자 아빠가 재촉했다.

"그래, 너는 뭐."

"괜찮아."

아빠가 나를 바라보는 눈빛이 따뜻하다.

"이젠 아빠 마음도 알겠고, 아줌마 노력도 알아. 동생은, 아직은 잘 모르겠어. 걔가 태어나고 나서 만나보면 알겠지."

"그래."

"노력할게. 공부도 좀 더 관심을 가져볼게."

할머니처럼 누군가를 위해 내 전부를 희생할 순 없지만, 적어도 나를 위해 노력할 거야. 마지막 말을 아빠한테 하지는 않았지만 그것이 내 진짜 마음이었다. 집에 들어오자 아줌마가 내 손을 잡아주었다.

"피곤하겠다. 씻고 저녁 먹어 설아."

"네."

내가 저녁을 다 먹을 때까지 아줌마는 조용조용 다른 부억일을 하며 내가 먹는 걸 함께해 주었다. 아줌마에게 낮의 일을 사과하고 싶었지만 평소와 똑같이 나를 대하는 아줌마를 보며 괜히 어색해질 것 같아 그만두었다.

방에 들어와 다시 침대로 쏙 들어갔다. 할머니 집에서 낮잠까지 자고 왔는데도 피곤했다. 누워서 이리저리 뒤척이는데 침대 건너편 책장 제일 아래 칸에 꽂혀 있는 그림책 몇 권이 눈에 들어왔다. 어릴 때, 학교도 입학하기 전에 엄마가 수없이 읽어주었던 그림책들이었다.

나는 공주 시리즈를 좋아했다. 지금이야 닭살스러워서 교복이 아니면 치마도 잘 입지 않는 나이지만, 그때는 프릴 달린 원피스가 아니면 입지 않았었다. 쿡. 지금 생각하니 웃음이 나왔다.

공주 시리즈 중에서도 만화영화까지 수십 번을 섭렵한 〈미녀와 야수〉를 특히 좋아했었지. 〈미녀와 야수〉는 지금 생각해도 너무나 환상적인 스토리다. 흉측하게 생긴 야수와 아름다운 그녀, 벨. 야수의 끔찍한 모습에 절망했던 벨은 야수와 함께 지내며, 결국 야수의 진심을 깨닫게 된다. 나는 그림책을 읽을 때마다 영화를 볼 때마다 늘 시작 부분에선 '말도 안 돼!'라고 생각했고, 마지막 부분에선 두 사람의 사랑에 감동하곤 했었다. 벨이 야수를 사랑한다는 사실을 깨닫기까지 오랜 시간이 걸렸지만 그 둘은 용기를 냈고, 결국 사랑의 힘으로 모든 걸 극복했다. 그리고 마침내 벨은 야수를 위해 뜨거운 눈물을 흘린다. 그러자 그들에게 펑! 마법이 일어난다. 야수의 진짜 모습은 멋진 왕자였던 것이다.

맞아. 할머니의 사랑도 용기였었지. 사랑하는 사람을 위해 위험을 무릅쓰고 섬까지 함께 도망한 할머니의 용기는, 하지만 미녀와 야수처럼 모든 걸 극복해내지 못했다. 할머니도 그 사랑을 끝까지 지켜냈다면 펑! 하고 마법이 일어났을까. 할머니와 할머니의 첫사랑은 결국 동화에서처럼 행복해졌을까. 잘 모르겠다.

야수가 멋진 왕자로 변하는 그 장면을 어린 나는 엄마에게 수도 없이 읽어달라고 했었다. 엄마는 같은 장면을 읽고 또 읽으며 지쳤을 법도 하건만 단 한 번의 짜증도 내지 않았다.

일곱 살 유치원생이었던 나는 그때부터 취향이 특이했는지 미녀보다는 야수의 모습을 자주 도화지에 그리곤 했지만, 그때 엄마는 그런 나를 귀여워해 주었더랬다.

엄마, 엄마.

오늘은 엄마의 책 읽어주는 목소리가 그립다.

쓰러진 야수는 더 이상 움직이지 않았어요. 벨은 야수에게 매달려 흐느꼈어요.

"안 돼요! 제발 떠나지 말아요. 당신을 사랑해요!"

따뜻한 벨의 눈물이 흘러 야수의 몸을 적셨어요. 마지막 꽃잎도 떨어졌어요. 그때였어요! 야수의 몸이 천천히 떠오르더니 신비한 불빛이 그의 몸을 감쌌어요. 벨은 믿을 수 없다는 듯이 그 광경을 바라보았어요.

펑!

야수는 멋진 왕자로 변했어요. 마법이 풀린 거예요!

"벨!"

야수가 말했어요. 벨은 왕자의 눈을 깊이 들여다보았어요.

"당신이군요!"

그다음, 그다음도 읽어줘야지. 하지만 목소리는 거기서 멈췄다. 가만가만 내 이마를 쓸어 머리칼을 넘겨주는 손길이 참 부드럽고 따뜻하다.

나는 꿈을 깨고 싶지 않아 눈을 뜨지 않고 가만히 있었다. 꿈을 꿀 때, 자면서도 '아, 이건 꿈이야.'라는 걸 알 때가 가끔 있는데 지금이 그랬다. 머리칼을 쓰다듬던 손이 등허리로 내려갔다. 등을 토닥토닥 다독여주는 손의 감촉이 입에서 녹는 초콜릿보다도 더 나른하고 달콤하다. 얼마나 지났을까. 아, 이제 꿈은 끝인가 보다. 나를 쓰다듬던 손길이 사라졌다. 손길을 놓치고 싶지 않아 한참 동안이나 더 눈을 감고 있던 나는, 아쉬움이 가득한 마음으로 살며시 눈을 떴다. 방 안은 은은한 스탠드 불빛만 빛나고 있었다. 아마 내가 잠들고 나서 아빠나 아줌마가 들어왔다가 불을 끄고 스탠드만 켜놓은 채 나갔나 보다. 나는 천천히 일어나 앉았다.

그때였다. 어떤 냄새가 났다. 아주 익숙한 그 냄새. 나는 단번에 그것을 기억해냈다. 엄마 냄새였다. 섬에서 할머니의 손을 그렸던 그날 밤에 엄마가 찾아왔다고 했을 때 할머니는 말했었다. 엄마가 나타나면 내가 기억하는 엄마 냄새가 날 거라고. 엄마의 살 냄새, 화장품 냄새, 샴푸 냄새……. 그런 것들이 섞여 풍기는 엄마의 향기를 나는 분명히 기억하고 있었다.

엄마가 온 걸까? 정말일까? 방금 전 그 손길도 혹시 엄마였을까? 침대에 앉아 멍해져 있는데 책상에 놓인 뭔가가 어렴풋이 보였다. 왠지 모르게 마음이 발끝으로 쿵 하고 떨어지는 것 같았다. 어두워서 잘 보이지 않는 그것에게로 나는 천천히 다가갔다. 책상 위에는 낯설면서도 익숙한 그것이 놓여 있었다.

그것은, 스케치북이었다.

마른침이 꿀꺽 넘어갔다. 심장이 쿵쿵거렸다. 이게 어떻게 된 일이지? 떨리는 손으로 그것을 넘겨보았다. 내 것이 맞았다. 내가 그렸던 그림들이 주인을 기다리고 있었던 양 하얀 바탕에 그대로 앉아 나를 보고 있는 것 같았다.

“엄마? 엄마…… 엄마 온 거야?”

넓지도 않은 방 안을 이리저리 둘러보았다. 몇 번이나 보았다. 엄마의 모습은 보이지 않았다. 하지만 엄마의 냄새는 아직도 내 코끝에 남아 있었다. 몸이 마구 떨려왔다. 슬프다는 생각을 하기도 전에 눈물이 먼저 흘러내렸다.

“엄마, 벌써 갔어?”

엄마는 내게 이걸 주고 갔나 보다. 와서 내게 그림책을 읽어주고, 이마와 머리칼과 등허리를 쓰다듬어주고 갔나 보다.

“엄마! 흑흑흑. 엄마! 엉엉엉.”

나는 주저앉았다. 눈물이 흐르기 시작하는데 걷잡을 수가 없었다. 나는 아기처럼 울기 시작했다. 나의 커다란 울음소리가 방 안을 가득 채웠다. 아무 생각이 나지 않았다.

그냥 저기 저 밑에 뱃속에서부터 가슴을 거쳐 목울대로 밀려나오는 소리를 내 마음대로 제어할 수가 없었다. 그리고 그 울음소리는 눈물이 되어 흘러내리고 있었다. 방문이 열리고 아줌마가 쫓아 들어왔다.

"설아, 왜 그래!"

책상 앞에 쓰러지듯 앉아 엉엉 울고 있는 날 보고 아줌마는 다가와 앉아 두 손으로 내 얼굴을 감쌌다.

"왜 그래. 응? 꿈꿨어?"

"엉엉. 나 어떡해요 아줌마. 나는 그냥 꿈인 줄 알았어요. 그래서 그냥 눈을 감고 있었단 말이에요. 엄마가 왔는데도 몰랐어요. 엄마한테 한마디도 못 했어요……. 엉엉엉. 아줌마, 나 어떡해요? 나도 할 말이 있는데, 엄마를 미워하는 게 아니라고 말해줘야 하는데…… 엄마가 벌써 갔어요. 엉엉엉……."

아줌마는 나를 끌어안아주었다. 말없이 아주 세게 안아주었다. 내 울음소리는 잦아들지 않고 더 커졌다. 아빠가 달려왔다. 아줌마 품에 안겨 맘껏, 아주 맘껏 울고 있는 나를 아빠가 보고 있었다. 나는 울면서 알게 되었다.

그때, 4년 전 그날 엄마가 사라졌을 때 내가 울지 않은 건 무서워서였다는 것을 말이다. 울기 시작하면 보고 싶은 마음을 감추기 힘들 것 같아 꾹꾹, 정말 꾹꾹 눌러놓고 있었다는 것을 말이다. 내가 엄마에게 나쁜 말을 해서, 엄마를 미워해서 엄마가 그렇게 된 것이라는 생각을 저 깊숙이 감춰놓았다는 걸 나는 분명히 느끼고 있었다. 무섭고 두려워서 꺼내볼 수 없을 뿐이었다. 어쩌면 스케치북은 그냥 핑계였을 뿐 정말로 다시 찾고 싶은 건 엄마였다는 것 또한 나는 어쩌면 벌써 알고 있었을 것이다.

엄마가 끝끝내 엄마의 모습을 보여주지 않고 간 이유는 무엇일까. 섬에서 만난 할아버지의 영혼이 내게 그랬었다. 어른들도 모두 자기만의 언어로 노력하고 있는 거라고. 그러니 어른들을 너무 미워하지 말라고.

이제 알 것 같다. 엄마가 날 미워해서 어느 날 갑자기 내 앞에서 사라져버린 게 아니라는걸. 나를 만나고 싶지 않아서 나타나지 않는 게 아니라는걸.

엄마, 미안해…….

13. 서주에게

서주에게.

김서주, 안녕.

이번엔 메일이 아니라 손편지라 놀랐지? 너에게 줄 게 있어서 편지랑 같이 보내려고. 실은 내가 얼마 전에 오랫동안 잃어버렸던 내 스케치북을 찾았거든. 내가 지금보다 어렸을 때 그렸던 그림들인데, 너도 보라고 몇 장 보내는 거야. 혹시라도 내가 화가가 되면 나중에 내 그림이 얼마에 팔릴지 알 수 없으니 잘 간직하고 있어라. 크크크.

잘 지내고 있어? 나는 요새 좀 바빠. 그동안 너무 공부를 안 하고 팽팽 놀아놔서 이제 그 공부 쫓아가 보려고 인터넷 강의도 신청했거든. 강의만 켜놓으면 왜 이렇게 졸린지, 아주 죽을 맛이지만 그래도 열심히

해보려고 해.

너는 요즘도 그림 열심히 그리고 있지? 이번에 내 그림 받으면 너도 네 그림 좀 나한테 보내주면 좋겠다. 우리 아줌마가(새엄마를 말하는 거야) 미술 전공한 디자이너였었거든. 봐달라고 할게. 그리고 내 방에 걸어놓을게. ^^

섬은 요즘 어떤 모습이니? 할머니랑 섬에 다녀왔던 게 정말 꿈같이 멀게만 느껴져. 할머니 다 나으시면 한 번 더 가기로 했는데, 언제가 될지 지금은 잘 모르겠다.

나는 지금 할머니의 병원으로 가는 길에 이 편지를 부치려고 해. 이제 거기도 곧 개학이지? 잘 지내 서주야. 지난번 메일에 너 나한테 말했지? 힘내라고. 난 괜찮아! 힘 많이 났어. 너도 파이팅!

답장 기다릴게. 바이.

설이가.

ps. 실은 최근에 나한테 엄청난 사건이 있었어. 좋은 일이었어. 편지로 말하긴 그렇고 다음에 만나면 얘기해줄게. 너한테도 좋은 일이 많았으면 좋겠다.

할머니의 병실은 복도 가장 끝 쪽이었다. 위경련이라던 할머니는 그게 발전해서 위암이 되었다는 것을 얼마 전에 알았다고 한다. 다행히 초기여서 수술을 하면 건강해질 가능성이 많다고 하여 수술을 했고, 지금 잘 회복하고 계시다. 천만다행이었다. 아빠에게서 처음에 할머니 소식을 듣고 내 머릿속은 알 수 없는 화로 가득 찼었다. 괴상망측 재수똥 고모할머니랑 이제 좀 정이 들어 친해지려는 참인데, 누군가가 나를 또다시 떠나버리는 그런 경험은 정말이지 하고 싶지 않았다.

문을 열고 들어가자 할머니는,

"뭐 하러 또 오니?"

이렇게 통박을 주면서도 냉장고에서 과일이랑 케이크랑 있는 대로 꺼내 내 앞에 한가득 놓아주었다. 수술하고 드시지도 못하면서 이런 것들을 사다 놓으신 이유는 손님 접대용이라고 하셨지만 사실 나 먹으라고 사다 놓으신다는 걸 나는 안다. 오늘도 변함없이 할머니의 스카프가 색색으로 빛나고 있었다. 병실에서 병원복을 입고도 스카프는 포기하지 않으시는 할머니. 저절로 웃음이 나왔다.

"지난번 밤에 엄마 왔었어요. 좀 됐어요."

할머니가 놀란 눈으로 나를 보았다.

"봤니?"

"아뇨…… 보이진 않았어요. 그런데요. 엄마가 내 스케치북을 놓고 갔어요. 그리고 엄마 냄새가 났어요, 꽤 오랫동안."

할머니는 고개를 끄덕였다.

"울었겠구나."

"네, 좀 많이요."

"잘했다."

잘했다는 말이 내게 엄청난 위로가 되었다는 걸 할머니는 아실지 모르겠다.

"참, 그림 보셨어요?"

"봤지."

"그런데 어쩜 이렇다 저렇다 말 한마디 없으세요? 얼마나 공들여 그린 건데."

할머니는 뭔가 생각하는 얼굴이 되었다.

"나는 내 손이 그렇게 생겼다는 걸 네 그림을 보고 처음 알았다."

나는 무슨 말인가 해서 할머니를 보았다.

"얼굴 주름은 화장으로 가릴 수 있잖니. 목주름은 이렇게 스카프라도 맬 수 있고. 그런데 이 손, 손은 어떻게 가릴 수가 없는 거야. 아무리 비싼 크림을 발라도 딱딱해진 피부는 보드라워지지 않았어. 바늘에 찔린 흉터도 볼 때마다 너무 도드라져 보여 마음에 안 들곤 했었지."

"……."

"그런데 그날 말이야. 네가 이 흉터를 보고 하트 모양이라고 했잖니. 난 한 번도 그런 생각을 해본 적이 없었거든. 아 그런데 신기하게도 그날부터 이걸 보면 정말로 하트 모양처럼 보이는 거야. 그 뒤론 밉지가 않더라 이게. 그러고 나서 네 그림을 보는데 그때 알았다.

내 손이 바로 나라는 걸 말이다. 거북이 등껍질처럼 딱딱하고 흉터투성이인 내 손이 내가 죽을힘을 다해 살아낸 나의 시간들이었어."

그렇게 말씀하시며 할머니의 눈시울은 촉촉하게 젖었다. 나는 할머니의 침대에 올라가 걸터앉았다. 그리고 아줌마가 나에게 그랬던 것처럼 할머니를 꼭 안아주었다. 처음으로 할머니에게 미안했다. 정확하게 이유를 말할 순 없었지만, 할머니가 열아홉 살에 그렇게 힘들었던 것에 대해 지금 나는 빚을 지고 있다는 생각이 들었다.

또다시 가슴이 아파왔다. 찌르르르르. 아니, 아프다는 표현은 맞지 않다. 전기가 오른 것처럼 찌르르. 울컥한 것 같기도, 빠근한 것 같기도. 이게 그 가슴앓이라는 걸까. 할머니, 나도 할머니처럼 위경련일까요? 이런 얘길 하면 할머니한테 콩 쥐어박히겠지.

병원에서 나와 버스를 타고 동네로 와서 천천히 공원으로 향했다. 약속 시간보다 15분이나 늦었다는 걸 알고 있었지만 서두르고 싶지가 않았다. 공원 놀이터 시소에 세연이가 먼저 와서 앉아 있었다. 내가 나타나자 세연이가 뭔가 겸연쩍은 듯이 나를 보았다. 나는 인사도 없이 그냥 세연이 옆 그네에 앉았다.

"오랜만이야."

세연이가 먼저 입을 열었다.

"그래. 무슨 일이야?"

어젯밤에 한 달이 다 되어가도록 연락이 없던 세연이가 문자를 보냈다. 만나자는 거였다. 또 무슨 소리를 하려고 그러나 하면서도 피할 이유는 없었다. 어차피 내일이면 개학이었다.

"내가 오해를 했던 것 같아. 미안해."

나는 세연이를 보았다.

"너랑 건우 말이야. 네 말을 믿었어야 했는데. 너도 건우도 서로에게 관심 없었다는 거 알았어."

"그래? 내 마음은 내가 아니까 됐고, 걔가 그래? 나한테 관심 없다고?"

"응."

갑자기 나오려는 웃음을 참느라 나는 헛기침을 하며 세차게 그네를 굴렀다.

"우리 사귀기로 했어."

발을 구르며 점점 더 높이 올라가는 그네를 핑계 삼아 나는 그냥 웃어버렸다.

"잘됐네."

세연이가 잠깐, 몇 초의 시간을 두고 내게 물었다.

"우리 다시 친구 맞지?"

나는 천천히 그네를 멈추었다. 세연이가 나를 쳐다보고 있었다.

"글쎄. 생각해보자."

세연이가 그네에서 일어났다.

"생각해본다고? 너 많이 삐졌구나?"

"아니, 삐졌다기보다는……."

세연이가 다음 말을 기다리며 그 큰 눈을 더 동그랗게 뜨고 날 바라보았다.

"다음에 봐."

나는 그네에서 일어서서 천천히 놀이터를 빠져나왔다.

"야! 박설!"

세연이가 부르는 소리에 나는 잠깐 뒤를 돌아보고 손을 흔들어주었다. 다시 친구인지 묻는 세연이의 말이 왠지 모르게 마음이 들지 않았다. 건우란 애의 마음도, 세연이도 설명하기는 어렵지만 좀 그랬다. 진심이라는 것, 누군가를 좋아한다는 것, 좋은 사람과 서로의 시간을 함께한다는 것, 고백한다는 것, 고백할 수 없다는 것, 차마 말할 수 없는 것들, 고흐의 노란빛, 운동화 끈, 쏟아지는 햇빛…….

그런 이미지들이 머릿속에서 차례로 흘러가고 있었다.

14. 진짜 나의 시간

오랜만에 신나게 시소를 탔다. 뉴스에서 올 들어 가장 추운 날씨라 했다고 아줌마가 점퍼 속에다 가디건 하나를 더 껴어 입으라는 걸, 뚱뚱해 보일까 봐 안 입는다고 아침부터 한바탕을 했는데 그냥 입을 걸 그랬나 보다. '새엄마 말 들으면 자다가도 떡이 생긴다'는 최신판 속담이라도 만들어 업그레이드해야 할까 보다.

그새 내 키가 더 컸는지 아니면 몸무게가 늘었는지 아빠와 시소를 타는데도 전처럼 엉덩이가 많이 아프진 않았다. 초딩 땐 몸무게가 한참이나 가벼운 나랑 타면서도 아빠가 어찌나 시소를 세게 구르는지 손잡이를 꽉 잡지 않으면 놀이터 담장 너머로 훌쩍 날아가 버릴 만큼 쿵덕쿵덕 엉덩이가 정신이 없었더랬는데, 이젠 제법 무게가 잡힌다. 아줌마가 유모차를 끌고 나왔다가 우리가 시소 타는 걸 보고 끼어들었다. 흥! 아빠 쪽에 앉으니 나는 할 수 없이 좀 더 뒤로 물러났다.

쿵덕쿵덕. 쿵덕쿵덕.

유모차에서 버둥거리던 아기가 자기도 태워달라며 떼를 썼다. 아빠는 그 아이를 들어서 아줌마와 아빠 사이에 앉혔다. 나는 조금 더 뒤로 물러났다. 그래도 아빠 쪽이 너무 무거워서 균형이 맞지 않았다. 신경질이 났지만 어쩔 수 없이 조금, 조금만 더 뒤로 움직이는데…… 쿵!

아얏!

나는 침대에서 떨어졌다.

"어휴 짜증 나. 또야!"

또 이 꿈이었다. 요즘 한동안 안 나타난다 했는데 갑자기 왜 또? 그 와중에도 엎어지면서 다치지 않으려고 팔꿈치로 바닥을 짚었는지 팔이 얼얼했다. 다시 침대로 올라가 널브러져 있다가 끙, 일어나 거실로 나갔다. 아줌마는 아침 준비를 하고 있고, 아빠는 씻고 있었다. 나는 거실을 가로질러 안방으로 들어갔다. 촌스러운 분홍색 아기 침대에 동생이 팔다리를 허공에 대고 연신 휘저으면서 모빌을 구경하며 놀고 있었다. 나는 쪼그리고 앉아 침대 속 아기에게 눈을 맞추고 째려봐주었다.

"너 때문이잖아."

목소리를 낮춰 으르렁거렸다. 볼도 한 번 꼬집어줘야지, 하고 볼에 손을 댔다가 나는 그만 쿡쿡 웃고 말았다. 어쩜 이렇게 보드랍니, 너는. 지가 시소에 올라타는 바람에 아침 댓바람부터 이 언니가 침대에서 떨어진 것도 모르고 나를 보더니 헤죽거리며 웃는 것 같다.

이젠 제법 사람과 눈을 맞추기도 하는 이 아기가 나는 요즘 신기해 죽겠다. 손과 발이 이렇게나 작을 수 있다니. 발바닥이 이렇게나 보드라울 수 있다니. 무슨 의욕이 그리도 넘치는지 두 손에 붙은 다섯 손가락은 펼 줄을 모른 채 꼭 모으고 있어, 그 작은 손가락 사이사이로 먼지가 끼곤 한다. 나는 그 작은 손가락들이 부러질세라 살짝살짝 손가락들을 벌리고 내 검지손가락을 손바닥에 대어주었다. 그러자 동생은 내 손을 꽉 잡는다. 꽉 쥔 주먹 속으로, 요 콩알만 한 아기가 있는 힘을 다하고 있는 것이 느껴졌다.

뭐든 절대로 놓치지 않겠다는 다짐이라도 하는 걸까. 다물어진 손가락들 사이로 나는 나의 갓난아기 시절을 상상해본다.

나도 아기 때 너처럼 이렇게 꽉 쥔 주먹이었겠지. 그 주먹 속의 것들 중 얼마나 많은 것을 놓치며 열다섯이 되었을까. 나는 동생의 주먹 속에서 살짝 손가락을 빼어냈다. 나도 모르게 웃음이 나왔다. 믿을 수 없다. 이렇게 조그만 아기가 밥 먹고 똥 싸고 십몇 년이 지나면 나만큼 커버릴 수 있다는 것을 말이다. 나는 아기 냄새를 맡으려고 더 가까이 다가갔다.

'음. 냄새 좋다. 야, 네가 내 동생이래.'

나는 아직도 이 아이 때문에 시소에서 떨어지곤 하지만, 가끔씩 찌르르르 가슴이 아프던 나의 위경련, 아니 가슴앓이를 치료해준 건 누워서 허공에 대고 손짓 발짓 하는 이 녀석 때문이라는 걸 아무도 모른다.

"언니 학교 갈 준비해야 해. 오늘도 잘 놀고 잘 먹고 있어."

나는 찬물로 어푸어푸 세수를 하며 생각했다. 내가 널 위해 된장국을 끓이고, 돈을 벌어 너에게 학비를 주고, 내가 사랑하는 사람을 포기할 수는 없겠지만, 적어도 널 미워하지 않을 수 있다는 것. 그리고 어쩌면 좋아하게 되었다는 것을 너는 알고 있니.

아기에게 젖을 먹이느라 밤새 잠을 제대로 못 잔 아줌마의 부스스한 얼굴을 뒤로하고 나는 집을 나섰다. 찬바람이 얼굴에 와 부딪치자 상쾌한 기분이 들었다. 나는 후읍,

숨을 들이쉬며 냄새를 맡았다. 그날 밤, 엄마 냄새를 느낀 이후 내게 생긴 버릇이다. 혹시나 하는 마음 때문이었지만, 엄마가 찾아오지 않는다고 해서 실망하거나 하진 않는다. 엄마가 내게 모습을 드러내지 않는 건 모두 그만한 이유가 있어서일 것이라고 믿는다. 그때, 할머니의 첫사랑 할아버지는 서주의 그림 앞에서 그랬었다. 살아온 시간이 달라서라고. 나는 요즘 그 말을 깊이 곱씹는 중이다.

엇, 동생을 만지작거리느라 너무 꾸물거렸나 보다. 이대로 걷다가는 지각을 하게 생겼다. 나의 걸음이 빨라졌다. 그러다 갑자기 수학 숙제가 떠올랐다. 아, 미쳐. 왜 숙제는 꼭 아침 등교 시간이 되어서야 생각나는 것일까. 빨리 가서 대강이라도 해놓아야 하는데. 나는 뛰기 시작했다. 할머니와 엄마의 시간을 뛰어넘기라도 하는 것처럼.

이제 나는, 진짜 나의 시간 속으로 성큼성큼 뛰어가고 있다.